JN061086

マドンナメイト文庫

少女のめばえ 禁断の幼蕾

楠 織

目次
contents

少女のめばえ 禁断の幼蕾

序章

せめて善良な人間でありたいと、大澤雄也《おおさわゆうや》はつねづね考えて生きてきた。

人間は、他人に迷惑をかけずに生きることなんてできはしない。

二十四歳、現代日本の平均寿命からすればまだまだ若造ではあるが、それでも彼は、生まれてきてから今までのわずか二十数年の間で、数えきれないほどの人に世話になったり、あるいは迷惑をかけたりしてきた。

だからせめて、そんな彼らの顔に泥を塗らないような生き方をしよう。

たとえ派手さや名誉とは無縁であっても、他人に見られても恥ずかしくない程度には、胸を張って日々を送れるようにしよう。

要するに……そのようなことを日頃から考えてしまう程度には、大澤雄也は善良であり、不器用であり、そしてなにより愚かな人間なのである。

そしてそんな彼だからこそ……雄也は今、目の前のこの事態に、途方に暮れ、立ちつくすことしかできなくなっていた。

明かりのついていない、薄ぼんやりと暗い空間の中である。

頼りになる光源は、建物の出口付近から射《さ》しこむ太陽の光だけ。少なくとも半年以上使われずに放置された座敷は、舞いこんだ海風のためにざらざらと砂っぽく、お世辞にも快適に過ごせるようなものではない。

オフシーズンで使われなくなった、寒々しい海の家だ。

シャッターも閉じられておらず、ブルーシートなどをかぶせて中に人が入れないようにしていないところを見ると、シーズンに関係なく閉店して放置された物件なのかもしれない。

そんな廃墟《はいきょ》めいた空間のいちばん奥、呆然《ぼうぜん》とする雄也の目の前の座敷に、ひとりの少女が小さな身体《からだ》を横たえていた。

「はふ……。はぁ……はぁ……」

少女は今、蜘蛛《くも》の巣だらけの天井をぼんやり見あげ、熱い呼吸をくり返している。

砂っぽい座敷に寝そべったせいで黒を基調とした制服が汚れてしまっているが、少女はそれを気にした様子もなく、むしろその瞳は、夢見心地に濡れていた。

「は……ん、んん……」

少女は表情とは裏腹に、眉をひそめずにはいられない、危うげな姿になっていた。服は乱れ、肌着や鎖骨《さこつ》、おへそまでもが簡単にのぞき見えてしまうほどはだけられてしまっている。膝《ひざ》をゆるく立てているせいでスカートもまくれあがり、中の白いショーツがまる見えになってしまっていた。

しかしなにより看過《かんか》できないのは、そのスカートのさらに奥だ。露《あらわ》になったショーツの真ん中部分に、なにかの湿り気のせいで、染《し》みのような模様が浮かんでいる。

「…………」

呆然としながら、雄也は自分の右手に視線を移す。

彼の指先には、べっとりと、そうとうな量の粘液状のなにかがまとわりついていた。言い訳できるはずもない。それは間違いなく、少女のショーツを濡らしているものと、同じものだった。

雄也が、彼自身が、少女のその場所をいじくりまわしてしまった、その結果である。

（……どうして、こんなことになってんだ）

なにもかもが現実のものとは思えないこの状況で、雄也は呆然とそう思う。

朝、出勤するときは、いつもとなにも変わりなかったはずだ。

駅に着き、電車に乗るときだって、ふだんとまったく同じことをしていたはずだ。

だというのに気がつけば、こんなことになってしまっている。

年端《としは》もいかない少女をこんなところに連れこんで、彼女の恥ずかしい場所に触れ、下着を汚させてしまうような、いかがわしい行為に耽《ふけ》ってしまったのだ。

「……なんか、すごかった」

混乱するばかりの雄也の前で、少女がぼんやりとそう呟《つぶや》く。

信じがたいことにその表情には、嫌悪感はまったく浮かんでいなかった。自分の受けた行為を疑問に思うことなく肯定的に受け止めて、ゆるく笑うのみである。

つい先ほど自己紹介をされて、はじめて知ることのできた彼女の素性を思い出す。

神岡由那《かみおかゆな》。小学五年生。

決して性的な行為の感覚を知るべきではない年齢の女の子だ。

だというのに、そんな少女の身体に、雄也は触れてしまったのだ。

触れて、弄《いじ》りまわして、その小さな身体に背徳の味を刻《きざ》みこんでしまったのだ。

(……どうしよう……どうすればいい?)

途方に暮れ、立ちつくす。

入口の向こうから聞こえてくる波の音が、やけにうるさく感じられた。

第一章　少女の願い

1

大澤雄也は毎朝、最寄り駅まで徒歩で二十分、さらに電車に揺られること一時間という、かなり長い時間をかけて通勤している。

実家住まいでもない彼が、なぜそんな不便な場所に住んでいるかと言えば、なんのことはない。社会人二年目の彼の安月給では、都市部からそのくらい離れた場所でなければ、快適に暮らせるだけの物件を見つけられなかったからである。

毎日かなり早い時間に起床しなければならないのは、正直少々しんどいものがあるが、それでも慣れてしまえば、この生活もそう悪いものではない。

行き帰りの電車の中も、スマートフォンを使って映画を見たり本を読んだりすれば、無為に過ごすようなことにはならない。むしろ無駄に時間の有りあまっていた学生時代よりも、限りある自分の時間を有効に使おうとあれこれ考えるようになったぶん、今のほうがよほど文化的な生活を過ごすことができているように思う。

なにより、ちょっとしたきっかけで、思わぬ出会いがあったりもする。

それで毎日の楽しみが増えることもあるのだから、不便さに文句を言うのはわがままというものだろう。

「おはようございます」

いつもと変わらぬ朝の通勤電車のなか、雄也が定位置である席に陣取り、スマホで昨晩ダウンロードしたばかりの漫画を読んでいると、愛らしい声がかけられた。

「ああ、おはよ」

スマホから目を離し、雄也もにこやかに挨拶をする。

顔をあげて見てみれば、声の主は、つい今しがた電車から降りていった四十男と入れかわるかたちで、雄也の隣の席に座ったところだった。

可愛らしい少女であった。

長く伸ばされた髪は艶やかのひとこと。

肌は白く、くりっとした大きな瞳は人なつっこそうな愛嬌《あいきょう》がある。

それでいながら仕草のひとつひとつは楚々《そそ》として礼儀正しく、幼いながらも躾《しつけ》の行き届いた、清廉《せいれん》とした美しさを兼ね備えていて……はじめて見たときなど、雄也は世の中にこんな可愛い女の子がいるのかと内心驚いたほどだ。

ランドセルを持っているところを見ると小学生なのだろうが、私服ではなく、黒を基調とした落ち着いた仕立ての制服に身を包んでいるところを見ると、通っている先も由緒正しいきちんとした私立の学校なのだろう。

年相応に背は低く、女らしさはまだまだといったところだが、あと数年もすれば間違いなく、誰もが放っておかないような美人に成長するだろうと確信できる、そんな美少女であった。

「なに見てたんですか？」

膝の上で抱えて持ったランドセルの上に、ちょこんと頬《ほお》を乗せ、雄也のほうをのぞきこんで尋ねてくる。そんな仕草がいちいち可愛らしい。

「漫画。最近ちょっとハマっててね。ぼんやり生きてた高校生が、ふとしたきっかけで東大より難しい美大生をめざす、ってやつ。これがけっこうおもしろくてさ」

「青春モノ？」

「まぁ……そうだね、青春モノかな」

へえ、と感心したような声をあげる少女だが、しかし彼女の興味は、雄也が読んでいる漫画の内容ではなく、別のところにあったらしい。

「お兄さんも漫画読むんですね。大人なのに意外かも」

「大人だって漫画くらい読むよ。大人むけの漫画もけっこうあるし」

「そうなんだ」

……その光景は、はた目にはずいぶんと奇妙な関係に見えたことだろう。

大人の男と、小学生の女の子が、和気あいあいと電車の中で会話をしている。

いっしょの駅から乗ってきたというなら、まだ近所づきあいのある関係かもしれないと想像できるだろうが、別々の駅を利用して、しかも決して空《す》いているとは言えない電車の中で合流して、このふたりはいきなり雑談に興じているのだ。

実際、奇妙なのだ。なにせ雄也と少女は、いまだに互いの名前すら知らないのだから。こうして話すようになったのだって、わずか数週間前からのことでしかない。

きっかけは、本当に些細《ささい》なものだった。

今月はじめの月曜日、隣の席で座っていた彼女が舟をこいで寝すごしそうだったのを、遅刻してはかわいそうだと起こしてあげたのだ。

彼女も毎日同じ電車の席に座る習慣があったので、隣の席同士という関係上、顔だけはよく知っていた。それだけの関係だが、それでも放置するのは少々忍びないという、些細な良心というか、雄也のおせっかいな性格から出た行動だった。

普通ならばそれでこの話はおしまいとなりそうなものだが……どうやら少女は、かなり義理堅いというか、生真面目な性格だったらしい。

その次の日、彼女は「昨日はありがとうございました」と礼を言ってきて……それからなし崩しに、毎日、少女が次の電車に乗り換えるまでの十数分間、ちょっとした雑談をする関係になったのである。

本当に、出会いというのはどこから始まるかわからないものだ。

「というか、スマホで漫画って読めるんだ」

はじめて知った、という顔だった。

最近の子はそれこそ三歳児でもスマホを操作して動画を見たりする、などという話を聞いたことがあるが、環境によるものなのかなんなのか、どうやらそのあたり、彼女はあまり詳しくないようだ。

「クレジットカードとか電子マネーがあれば読めるよ。読むアプリはタダだし」

「じゃあ、わたしは無理かなぁ」

興味を示しつつも、ちょっと残念そうに苦笑する。

「そうなの？」

「お小遣い、気がついたらめちゃくちゃ使ってそうだもの」

「ああ……なるほど」

少女の言葉に苦笑しつつ、内心、少し感心した。

親御さんの育て方がよいのだろうか。この年でちゃんと、ある程度の経済観念を持っている。立ち振る舞いだけでなく、均整の取れた教育が行き届いている証拠だ。

「えらいな」

「そうじゃないの。前に一カ月のお小遣い、いっぺんに使っちゃって。無駄遣いしたらダメってママに怒られたことあったの」

言いながら、ちょっとばつが悪そうに、少女はぺろりと舌を出す。

本当にここ最近気づいたことだが、この少女、基本的に礼儀正しい仕草が多いが、ふとした拍子に、こういったおどけた表情をすることがある。

（……かわいいよな、ホント）

美人は三日で飽きると言うが、雄也に言わせれば、そんなのは真っ赤な嘘だ。

隙のない可愛らしいこの少女の顔立ちは、見ているだけで本当に目の保養になる。

長い睫毛《まつげ》。ほんのり朱のさした柔らかそうな頰。薄く湿った健康的な唇。

顔を構成するひとつひとつの要素が、どれもため息をついてしまいそうなくらいに完全に調和が取れている。

「ん……なぁに？」

ここまで距離が近いとすぐにその視線に気がついたようで、少女は少し恥ずかしそうにはにかんだ笑みを浮かべ、首をかしげてきた。

「んーん、なんでもない」

相手は小学生である。さすがにその顔に見とれていた、とは言えない。

要するに、雄也にとって長い通勤時間のなかで、この少女とおしゃべりするのは、ここのところ、なによりの癒《いや》しになっているのだ。

くり返すが、彼女とのふれあいはせいぜい毎日十数分程度のものだ。おしゃべりの内容だって、まったくたいしたものではない。学校でどんなことがあっただとか、今友達とどういう遊びにハマっているだとか、そんな程度の、本当に他愛のないものでしかない。

しかしそれでも、こんなに可愛い少女が見せてくれる無邪気な姿は、日々の仕事に追われる雄也の生活に、少なからず彩りを与えてくれるものだった。

「…………」

けれど、どうにも今日は、その少女の様子がおかしい。

いつもならば自分から話題をふってくることが多いのだが、今回は挨拶しながら、雄也が読んでいた漫画に興味を持ったくらいで、そのあとはずっと黙りがちになってしまっている。

「今日は、なんか暖かいね」

「だねぇ。眠くなっちゃいそう」

こんな具合に、雄也からなにかしゃべりかければ普通に返事はしてくれるし、表情も特に暗くはないのだが……それでも毎日数週間も話していれば、ふだんよりも妙にテンションが低いことにはさすがに気づく。

なにより、そろそろ彼女の乗換駅に着こうとしているのに、いっこうに席から腰をあげる気配がない。ふだんならば余裕を持って動けるようにと、雄也との会話を名残《なごり》惜しみながらも、早めに降りる仕度を始めるのに、である。

「……どうしたの、そろそろ駅だけど」

「んん……ちょっと。なんか……」

尋ねてみても、少女の返事ははっきりしないものだった。

席を立つでもなく、曖昧な笑みを浮かべるだけ。

ほんのちょっと困ったように眉根をよせ、なんとも言えないその表情は、どこか途方に暮れているようにも見えた。

それは今まで彼女が、雄也に見せたことのない表情である。

(……なにかあったのかな)

毎日十数分しか話すことのない雄也は、彼女がどんな日々を送っているかを細かく知らない。

彼女が毎日話してくれた日常は、どれも楽しげなものばかりだったが……それでも普通に日々を送っている以上、トラブルのまったくない生活なんてあるわけもない。

小学生だって、いろいろあるはずなのだ。

「……今日は、サボろっかな」

「へ……？」

だから少し迷って、雄也はぼそりと、そんな言葉を口にした。

唐突な台詞《せりふ》に意図がつかめなかったようで、訝《いぶか》しげな視線を送ってくる少女に、雄也は小さくほほえみかける。

正直なところ、どこまで踏みこんでいいものかはわからない。

もしかしたら、たんなるお節介でしかないかもしれない。

というより、十中八九、間違いなくお節介だろう。

けれどそれでも、雄也は、困った様子で途方に暮れているこの顔見知りの少女を、そのまま放っておくことができなかった。

「キミもどう？　気が乗らないときは、たまにはこうするのもいいと思うよ」

2

たんにサボると決めただけで、べつにどこか目的地があるわけではない。

だからそのまま乗り換えることもなく、なんとなく電車に乗りつづけて……結局ふたりが降りたのは、都市部をずいぶんと通りすぎた先の、海ぞいの無人駅だった。

ここで降りたのだって、特になにか理由があったわけではない。

強いて言えば、きれいな景色でも見れば気が晴れるだろうと思っただけのことだ。

「……大丈夫だった？」

「うん。急に頭が痛くなったって言ったら、すぐに信じてくれた」

スマホを手に待合室から出てきた少女に尋ねると、彼女ははにかみながら頷《うなず》いた。

波の音が入らない場所で、今日は学校を休む旨《むね》を親に連絡していたのである。

「お兄さんは？　大丈夫？」

「ああ、こっちも連絡ずみ。風邪ひいたってことにしといたから。むしろそっちのが心配だよ。いきなり休むとか言って、お母さんとかに怒られたりしなかった？」

「あ、それは大丈夫」

自分から誘っておいてなんだが、じつはそこのところが気がかりだった。

普通の親なら、ふだんどおりに家から出たはずの我が子がいきなり学校を休むと言い出したら、心配するか怒るかするはずだ。気晴らしに誘っておきながら、それで結果的に彼女の負担を増やしてしまっては意味がない。行きあたりばったりな行動をしたことに、じつは少々後悔していたのだが……結果的にそれは杞憂《きゆう》だったらしい。

「パパもママも、仕事で忙しいから……もう家にいないし。前にもこういうこと、何度かあったから」

「……そっか」

一瞬、彼女は寂しそうな表情をしたが、そこは触れるべきではないだろう。雄也はあえて気づかないふりをすることにした。彼女が問題ないと言うのであれば、無理に踏み入るものでもない。

「……えへへ」

雄也の微妙な表情に気がついたらしい。彼女は気まずさをごまかすように、あるいは雄也を気遣うように、少女は小さく、いたずらっぽい笑みを取りつくろった。

「こんなふうにサボるなんて、はじめて」

（……いい子なんだよな、ホントに）

今さらのように、つくづくそう思う雄也である。

彼女の名前は、神岡由那。十一歳の小学五年生。

ここに来るまでの電車の中で、改めて自己紹介をして、雄也ははじめてこの少女の名前と年齢を知った。

その程度の関係でしかないのに、大胆な誘いをしてしまったものである。サボるなんて社会人となっては日常茶飯事だが、小学生にとっては……特にこんな真面目な少女にとっては一大事だろう。

「でも、ちょっとワクワクするかも。海、きれいだし」

言いながら由那はフェンスに寄りかかり、改めてホームからの海の景色を眺めた。

都市部からそうとう距離のあるこの駅は、海岸線のすぐそばまで迫った山なみの中腹にある。そんな立地にあるためか、景色はきれいだがとにかく海風がひどく強い。

「ホント、きれい」

帽子を飛ばされないように手で押さえながら、ぼそりとそう呟く由那の表情は、相変わらずよくわからなかった。特に暗いわけではないが、ぼんやりと海を眺めているその横顔は、少なくても景色に見とれているような感じはしない。

なんとなくそのままにしておくのも気が引けて、雄也は近くにあった自動販売機でホットミルクティーを買って、由那に手わたした。

「あ……お金……」

「いいよ。おごり」

勝手に買っておいて金を要求するなんてできるわけもない。少し強引に押しつけると、こちらの意図を察してくれたらしく、由那は素直に受け取ってくれた。

「じゃ……いただきます」

由那がプルタブを引いて飲みはじめたのを確認してから、雄也も自分用に買ってきたホットコーヒーを開け、それに口をつけた。

ずっと空調の効いていた電車内にいたせいだろう、自分でも思った以上に喉が渇いていたらしく、雄也は一気に飲みほしてしまった。

一方由那は、どうやら猫舌の気があるらしい。

ちびりちびりと、まるで強い酒を舐《な》めるように、ゆっくり少しずつ飲んでいる。

じっくり時間をかけて飲みきって、缶から口を離して、そしてしばらく俯《うつむ》く。

そこでようやくなにかの思いきりがついたようで、由那はゆっくりと口を開いた。

「……じつはね。わたし、ね」

しかしそこで勇気が引っこんでしまったのか、口を噤《つぐ》んでしまう。

ふたたびしばらく黙りこんだあと、むしろ沈黙に耐えきれなくなった様子で、おずおずと由那は、本調子でなくなってしまったわけを話してくれた。

「わたし、昨日、チカン、されたんだ」

「…………」

「お兄さんと別れたあと、次の電車でされて……だから、なんか怖くなっちゃって」

「……そっか」

てっきり学校でイジメにでも遭ったのかと思っていたが……よもやそういうことだったとは思わなかった。

けれど考えてみれば、充分にそれはありうる事態ではある。

どこかで聞いた話だが、痴漢という犯罪者は、容姿の美醜より、おとなしそうだったり、気弱そうな女性をねらう傾向があるという。

雄也と話している間は笑顔も多く元気な様子を見せることが多い由那だが、彼女の立ち振る舞いは、基本的には楚々としたものだ。見方を変えれば、確かにそれは気弱そうにも見えてしまうことだろう。

そのうえ、なにより由那は、誰もがふり返らずにはいられないほどの美少女なのだ。女としての肉感は乏しいけれども……いや、むしろだからこそ、もし痴漢にロリコンの気があるならば、格好のターゲットとなってしまうに違いない。

「……お兄さんは、自分がなんとかしてやる、とか、そういうこと言わないんだね」

黙りこんでしまった雄也に、由那はそんなコメントをよこしてくる。

「そりゃ……本当になんとかしてあげられることなら、そう言うけど」

雄也としてはそう返すしかない。

もちろん、その場限りの口あたりのいい慰めとして、彼女の言うように「俺がどうにかしてやる」といったような台詞を口にすることもできただろう。

しかし雄也は、そんなことはしたくなかった。

一介の社会人でしかない雄也に、痴漢は手にあまる。それが事実である。

雄也にだって雄也自身の生活がある。いつ現れるかもわからない痴漢を警戒して、彼女のそばにずっといて、守りつづけることなんて不可能だ。

それに、よしんばその方法で、痴漢を現行犯で捕まえられたとしても、痴漢がひとりとは限らない。由那みたいな美少女であれば、彼女を狙うような痴漢は、次々と現れるだろう。

由那のことはかわいそうだとは思うが、雄也ひとりができることには限界がある。世の中はままならないことだらけだ。大人ひとりの力なんて、たかが知れている。

「…………」

はたして、どんな気持ちでいるのだろうか。由那はただただ無表情に、雄也の顔を見つめてきた。

怒っているわけでもなく、軽蔑しているわけでもない。そうであるがゆえに雄也の無力を責めているようなその視線に、彼は目を逸《そ》らすことができなかった。

「……ね、お兄さん」

しばらく奇妙な視線を交わし合い……そして、ふたたび意を決した口調で彼女が口にした提案に……雄也は耳を疑ってしまった。

「わたしに、チカンみたいなこと、してくれませんか」

「……え？」

意味が、まったくわからなかった。

いったい、この娘はなにを言っているのか。

「いや、いや……ちょっと、ちょっと待って。由那ちゃん、キミ、自分がなにを言っているかわかってる!?」

「もちろんです。わたしに、エッチなことしてくださいって言ってます」

聞き間違いかと思って改めて聞いてみて、しかしさすがにもう誤解しようのない由那の言葉に、雄也は頭痛を覚えずにはいられなかった。

なんと返答すべきかわからず、ただただこの少女の、思いがけないお願いに面食らうばかりの雄也に、由那はさらに言葉を重ねてくる。

「あのね、わたし……チカンされたとき、ホントにイヤな気持ちになったの」

「いや、だったらなんで、それを俺にしてくれなんて言うのさ。俺に、由那ちゃんがいやがるようなことをしろって……そんなの俺だって嫌だよ!?」

「違うの。そうじゃないの。だってエッチって、ホントはいいことなんでしょ?」

思わず声を荒げてしまう雄也に、由那は、恐ろしく冷静な、静かな声で答えた。

「わたし知ってるよ。エッチってホントは、恋人同士とか、パパとママみたいな関係の人がするものでしょ？　そういうのが正しいエッチなんでしょ？」

「それは……そうだけど」

「だったらホントは……エッチって、うれしいものなんじゃないの？　だからわたし、チカンみたいな間違ったエッチじゃなくって、ホントのエッチがどんなのか知りたいの。嫌いな人じゃない相手とするエッチがどういううれしいのなのか知りたいの」

「………………」

ただみかける由那に、雄也はもはや、どう反論するべきかわからない。

立ちつくすばかりとなった雄也に考える隙を与えまいとばかりに、由那は彼に縋《すが》りつき、シャツの裾をぎゅっとつかんできた。

「お願い。わたしに、普通のエッチがどんなのか、教えてよ。イヤなエッチだけしか知らないの、イヤなの」

「……それが、俺にならお願いできると？」

絞り出すような雄也の問いに、由那は、潤んだ瞳でまっすぐに雄也を見つめながら、はっきりと頷いてくる。

「わたし、お兄さんのこと、イヤじゃないもん。だから、お兄さんにエッチなことされてうれしくなったら……チカンのことも怖くなくなって、また学校に行ける気がする」

雄也の口から、深いため息が漏れた。

要するに……どうやら雄也は、根本的な勘違いをしていたらしい。

雄也はてっきり、由那は彼に、痴漢という問題そのものを解決してほしいのだと思っていた。けれど、そうではない。由那はそんなことを雄也に期待していない。ただ彼女は、痴漢されて味わった恐怖やいやな思いを、なんとかして癒してほしかったのだ。

それにしたところでそのお願いは無茶苦茶だけれど、そういうものなのだろう。

男である雄也には、痴漢される少女の恐怖は理解できない。

どれだけ想像をめぐらせようと、それはたんなる想像でしかない。

そんな恐怖を由那は味わって、苦しんだのだ。誰にも相談することもできず、今までひとりで抱えていたのだ。だから苦しんで、悩んだすえに彼女が見いだした、克服方法を、馬鹿げたものだと一蹴する権利は雄也にはない。

「……ダメだよ」

けれどそれでも、雄也はそう答えるしかない。

それだけは絶対、越えてはいけない一線だった。

「……お兄さんが大人で、わたしが子供だから？」

「そうだよ。普通の大人は……由那ちゃんみたいな子供の女の子に、エッチなことをしたいって気持ちにはならないもんだよ。普通の正しいエッチっていうのは、ふたりがお互いに、そういうことしたいってときにするもんだ。だから、無理だよ」

「え……でも」

ひどく不思議そうな目を向けられた。拒絶された悲しみではなく、本当に雄也の言うことが理解できていないといった様子の、きょとんとした表情である。

その反応の意味がわからなかったが……しかし彼女が口にした台詞に、雄也は言葉を失ってしまった。

「お兄さん、ロリコンだよね？　だからわたしでエッチな気持ちに、なれるよね？」

「……な」

言い返せなかったのは、それがまったく的はずれな言葉だったからではない。

「そ、そんなわけ」

「気づいてたよ。ときどきわたしのこと、そういう目で見てたよね？」

もはやぐうの音《ね》も出ない。

そう。そうなのだ。大澤雄也は、ロリコンの気を持っている。

そうでなければ興奮できないというほど拗《こじ》らしたものではないが、成熟した女性と同列に、ちょうど由那くらいの少女を性的な対象として見てしまえる程度には、彼は少女性愛者としての性癖を持ってしまっている。

もちろん、それが悪いことだという自覚もある。だからできるだけ由那にはそういう気持ちを向けないでいようと心がけていたが……それでもこらえきれずに彼女の胸や腰のあたりに視線を向けてしまったことが、確かに何度かあったような気がする。

どうやらいろいろと聡い由那は、それに気がついていたらしい。

(……どうするんだよ、これ)

途方に暮れてしまう。

実際のところ「チカンと同じようなことをしてほしい」という由那の願いを聞き入れられなかったのも、雄也がそんなロリコンだからだという面が少なからずある。

ロリコンとしての性癖を持ちつつ、しかしその欲望を現実の少女たちに向けてはならないと自制ができる程度には善良な彼にとって、性的な意識を持って由那に触れることは、自分の欲求を自覚しているからこその、耐えがたいタブーなのだ。

由那の願いに応えるかたちであっても、彼女に触れてしまえば、絶対自分の欲望を優先してしまう。そうなれば雄也は、痴漢となんら変わらない、下衆《げす》となってしまう。

「お兄さんとあのチカンは、ちがうよ」

けれど……だというのに、由那は頑《かたく》なな態度を示す雄也に、むしろ優しげな言葉をかけてくるのである。

「だって、お兄さんは……そりゃ、ときどき変な目でわたしのこと見てくるけど、わたしに変なこと、しようとしなかったでしょ。わたしわかったもん。お兄さんはロリコンかもしれないけど、子供がイヤがることはしない、いいロリコンなんだって」

すべてを見すかした瞳で見あげながら、由那は訴えてくる。

（……どうする？　どうすればいい？）

追いつめられた気分になって、雄也は心底途方に暮れた。

（いや……でも、待てよ）

懊悩《おうのう》のすえ、混乱していたせいもあるのだろう。ふと、雄也は考えてしまう。

もし今、由那の願いを拒否したまま終わったとしたら、彼女はどうなるのだろう。

雄也の「善良なロリコン」としての立場は、確かに守られるかもしれない。

けれどそうすれば、由那が抱えた問題は解決されないままになってしまう。

知らない誰かに無遠慮に身体を触られたというトラウマを抱えたまま、また痴漢されるかもしれない日々に怯《おび》えながら毎日を過ごすことにはなるかもしれない。

そんな彼女を放置しておいていいのか。むしろここは願いを聞き入れたほうが、結果的に彼女を救うことになるのではないか。

（いや……なに考えてるんだ俺は）

悪魔の囁《ささや》きとは、こういうことを言うのだろう。首をふって、雄也は首をもたげてきた欲望を必死にこらえる。

「ね、お兄さん……おねがい」

だというのに由那は、追い打ちをかけるように、救いを求め、抗《あらが》いがたい上目遣いをしてくるのである。

八方ふさがりな気分になって、雄也は呻《うめ》きながら空を見あげることしかできない。

「……ああ、もう。わかった。わかったから」

本当、自分は優柔不断な男だ。善良なんてとんでもない。つくづく雄也はそう思う。

結局彼は、由那のその圧に押し負けるかたちで、観念して頷いてしまったのだから。

3

痴漢の真似《まね》ごとをするとは言っても、実際に電車の中でするわけにはいかない。

駅の待合室でするのも、無人駅とはいえ、さすがにどうかということで、ひとまず駅を出て、人が近寄らないような物陰がないかとあたりを散策した結果……雄也と由那は、案外あっさりと、都合のいい場所を見つけることができた。

駅から出た先にある浜辺の片隅にある、シーズンオフで閉店中の海の家である。

普通こういう場所は、シャッターを閉めるなりブルーシートをかぶせるなりして部外者が入らないようにしているはずだが、片田舎にあるせいで防犯意識が薄いのか、それとも廃業して放置されたものなのか、中まで入れるようになっていた。

少し中をのぞいてみたところ、たいして老朽化はしておらず、下手なことをしなければ怪我をするようなこともなさそうだ。なにより、そこまで奥ゆきがあるわけでもないが、奥のほうの座敷席まで行けば、外からの視線は完全に遮断できそうなのがありがたい。

「ここ、いい感じかも」

行為をする場所としては相応《ふさわ》しくないが、そんな台詞を言うあたり、由那は特に不満がないようだ。

「なんか、ちょっと探検してる気分」

むしろそんな、なんとも子供らしい感想に、場違いにも少し笑みを漏らしてしまう雄也だった。

けれど同時に、やはり背徳感も覚えてしまう。なにせこんなコメントがとっさに出るような純朴な女の子と、自分はこれから、いかがわしい行為をするのだ。

「じゃあ、ええと……どうしようか」

とはいえ、いきなり自分主導でコトを進めるような度胸はない。

指示を仰ぐと、どういうふうにしてほしいか、ある程度由那の中では意向が固まっていたらしく、迷うことなく彼女は口を開いた。

「チカンにされたのと、同じようにしてほしいの」

「どうすればいい？」

「えっと、最初は……たしか、わたしがドアのとこで外を見てたら、うしろからひっついてきた」

言いながら、由那はくるりと反転して背中を向けてきた。

早速言うとおりにやってほしい、という意思表示である。

「……こうかな」

ここまでくれば、やっぱりやめた、と言うわけにもいかない。

だから雄也は、そっと、できるだけ優しく、雄也は由那のうしろ姿に身をよせた。

ふわりと、雄也の腰が、由那の背中に触れる。

（……うぁ）

接触そのものはほんのわずかなものだったが……しかし確かに感じる少女の背中やお尻の感触に、雄也は全身が総毛立った。

服越しにわずかに触れるだけでも、やや高めの子供の体温が十二分に伝わってくる。緊張しているのか、もぞもぞと小さく身じろぎする気配や、こぶりなお尻のまるい形状までもが、はっきりとわかってしまった。

「もっと、ひっついて」

「も、もっと!?」

「チカンは、もっと大胆だったもん」

思わずひるむが、しかし彼女の願いを受けいれた手前、躊躇《ためら》うことは許されない。気おくれしながらも、雄也は、ぐっと、自分でも少々強引ではないかと思えるような強さで、改めて自分の身体を、由那の背中に押しつけた。

「こ、こんな感じ?」

返事はない。かわりに由那はこくり、と小さく頷いてきた。

いやらしい行為をしているという自覚は、やはりある程度はあるらしい。

その証拠に、明かりの乏しい暗がりの中でも、うしろからのぞき見た彼女の耳たぶが赤くなっているのがはっきりとわかった。

間違っても欲情しているわけではあるまい。たんにこれは、恥ずかしがってるだけだ。いや、この際、由那の様子はさておいたほうがいい。

じっと固まったままの由那の一方で、雄也の内心はそれどころではなくなっていた。

（……やばい。勃起しそう……）

隣に座る関係上、これまでも身体が触れてしまうことはそれなりにあった。

けれど今回のこの行為は、今までのそれとはまったく意味が異なるものだ。

由那が痴漢されたときの行為をトレースして、性的な意味で由那に触れている。

なによりその事実に、雄也の牡の部分は、いやが応にも熱を帯びはじめてしまった。

「由那ちゃん？　大丈夫？……イヤじゃない？」

だからその問いかけも、むしろ雄也としては彼女からギブアップが出ることを期待してのものだった。いくら知り合いだと言っても、異性の大人からこんなふうに接触されて、イヤな気分にならないはずがないと……そう思ったのである。

「ん……イヤじゃ、ないよ」

けれど、雄也のそんな期待をあっさり裏切り、由那ははっきりと首を横にふった。

「というか、もっとちゃんと、チカンぽいことしてほしい」

（……マジかよ）

それどころか、さらに行為を求めてダメ出しをしてくる由那に、雄也は唖然《あぜん》とした。

「どうすればいい？」

「えっとね……次は、その、おっぱい、さわってきた」

戦慄《せんりつ》しながらの問いかけに対する答えは、とんでもないものだった。

「……マジ？」

「こんなとこでウソなんてつかないよ」

確かにそのとおりだろうが……しかし、それですませていい問題では断じてない。

（なんだよ、それ……）

由那の言葉に、雄也は、瞬間的に脳が沸騰しそうになった。性的に興奮したからではない。そんなことまで由那にしでかした痴漢に、腹が立ったのだ。

相手は小学生である。見た目にもまだ成熟していない、小さな子供なのである。

だというのに、そんなひどいことをするような大人が、この世にいるというのか。

今まで仄《ほの》かに感じていた興奮もすべて吹っ飛んで、雄也は吐き気すら感じた。

「ね……おねがい」

けれど、だというのに、由那が念を押すようなおねだりをしてくるのだ。

「……わかった」

上目遣いに急《せ》かされ、怒りの内圧を吐き出すように、雄也は大きく息を吐いた。

このやりとりで、むしろようやく、雄也の中できちんと覚悟が決まった気がした。

これ以上由那には、嫌な思いは絶対させない。手段なんて選んでいられる状況じゃない。由那が絶対抱えるべきではなかったトラウマを、少しでも拭い去ってやる。

「やるからね」

「うん」

はっきり返事をしてきたのを確認してから、雄也はそっと、由那の背後から腕をまわし……そして彼女の胸元に手を当てた。

由那の胸は、かなり慎ましい佇《たたず》まいをしている。

まったくの無乳というわけではないが、かと言って女性的な豊かさとはほど遠い、ふくらみかけのゆるやかな隆起があるのみだ。

だから当然、たんに触れただけでは女性の胸元特有の柔らかさはほとんどわからない。厚めの制服の布地に阻まれ、かろうじてまるみがあることが感じられるだけだ。

「どんなこと、痴漢にされたの？」

「えっと……そんな感じでおっぱい触られて……むにむにって、揉まれた」

触るだけでなくそんなことをされたのか。

どこまで恥知らずなのだ、由那に不埒《ふらち》なことをした痴漢野郎は。

やりきれぬ思いを抱えながら、雄也は言われたとおりに、ゆっくり指を動かす。

（……こんな感じでいいのかな）

うろ覚えだが、二次性徴期の少女は胸を無理に触られても痛いだけだとか聞いたことがある。なので慎重な手つきで、細心の注意を払い、じっくり、まったり、優しく、マッサージをするようにと、そう念じながら雄也は由那の丸みを揉んでいく。

「……はぅ……」

「大丈夫？」

「ん……だいじょうぶ」

気のせいか、今回の返事は、今までのものよりもずいぶんとしおらしいものだった。

身じろぎの頻度も増え、呼吸もわずかに乱れているような気配がある。

見ようによっては、それはひどく艶《なま》めかしい反応でもあった。

（というか……この子、もしかしてブラをしてない？）

由那の艶めいた仕草にドギマギしながら、ふとその可能性に気づく。

試しに指先に意識を集中して、形がわずかに変わる程度の強さで胸を揉んでみても、ブラの布地の硬さを感じない。あるいは子供むけの柔らかい仕立てのものを身につけている可能性もあるが……さすがに実際どうなのかを聞くわけにもいかない。

確かなのは、今、雄也の指先に触れるこの感触は、まがうことなき小学五年生の美少女の、ふくらみかけの柔らかさそのものだということだ。

魔が差した。

試しに、さらに指先に、もう少し力を加えてみる。

（……あ、やっぱり、これ、おっぱいの柔らかさだ……）

改めて指先に触れるその感触を意識して……胸の奥がカッと熱くなった。

二次性徴期に入り、女として身体がめばえはじめたばかりの、小さな女の子の、ふくらみかけの胸元。少女から女へと変わる過程にしか存在しえない、慎ましいやわらかさ。

それに触れている事実に、雄也の中でなんとも言えない衝動が沸き立ってくる。

「う……んんっ」

そして……間髪をいれず、さらに看過できない変化が、由那の身体に訪れた。

両胸それぞれの中心部分の、慎ましいふくらみのちょうど頂上部分に、ほんのわずかに、しこりのような硬い感触が、じわじわと芽吹くように出現したのである。

（……これ、もしかして）

もしかしてもなにも、思いあたるものはひとつしかない。

乳首だ。

雄也からもたらされた刺激を受けて……由那は、小学五年生のこの少女は、乳首を勃起させ、硬くしたのである。

(……うわ、うわ……)

もしかしてこれは……由那も胸を触られて興奮しているのか。それとも胸のそのあたりをマッサージをされて、たんに血行がよくなった結果なのか。

膣などは性的に興奮していなくても、傷つけられないよう自衛目的で愛液を分泌することもあると聞いたことがあるが……はたして乳首も同じようなことがあるのだろうか。今ひとつそのあたりの知識に自信のない雄也には、どっちなのかわからない。

(……いや、そんなわけないだろ。こんな小さな子が、エッチな意味で気持ちよくなるなんて)

「ん……ん、んんっ、はう、あん……っ」

予想外の事態に頭を冷やそうと理屈をこねくりまわしても、身じろぎをくり返し、口元からもどかしげな吐息を漏らす由那の仕草が、雄也のそんな現実逃避を許さない。

明らかにそれは、性的な快感を得ている、「女」の反応だった。

驚かずにはいられない。

なにが凄《すご》いって、由那のその感度のよさである。

雄也はロリコンの気は確かにあるが、成熟した女性も同様に性的対象に入るため、じつはこれまで、何人かとの女性とつきあったことがある。雄也の不器用さや相手との性格的な相性が災いして長くは続かなかったが、それでも回数そのものは乏しいものの、異性と肌を重ねた経験も、ないことはない。

昔の交際相手との経験を思い返してみても、この程度のふれあいで、ここまで感じてくれる女性は、今までいなかった。

対して由那のこの反応のよさはどうだろう。

もちろん、由那が今見せている反応は、確かにとても控えめなものだ。

乳首を勃起させ、身じろぎしながら甘いときを漏らしているだけ。

大きな喘ぎ声をあげているわけでも、股間を盛大に濡らしているわけでもない。

だが、忘れてはならない。今雄也は、あくまで服越しに胸に触れ、ゆるやかに指を動かしているだけなのだ。その程度のことをされただけでは、演技でもない限り、まったく無反応なのが普通だ。少なくても雄也の前の交際相手はそうだった。

だというのに、由那ははっきりそれとわかるほど確かな快感を示してくれている。

経験の少ない雄也の愛撫など、たいしてうまくないはずなのに、である。

(もしかして、由那ちゃん……すごく感じやすい子なのか……?)

頭にふと浮かんだそんな不埒《ふらち》な考えを、しかし頭をふって遮断する。

仮にそうだとして……だからなんだというのだ。

感度がいい女の子だとしても、雄也がそれでなにをするわけでもない。

「おにぃ、さん」

とまどう雄也の隙を突くように、由那がふり向き、雄也を呼びかけてきた。

雄也を見あげる瞳は潤み、顔を紅潮させ、せつなげに眉根をよせている。

「……ああ、なに?」

今までとはまったく様子の違った少女の表情に、内心怯《ひる》みながらなんとか返事をするも……しかし、彼女が次に口にした台詞は、彼をさらに追いつめてくるものだった。

「次……してほしい」

「つ、次?」

「次で、されてたの、最後だから……おねがい」

しばらく天井を見あげ、大きく深呼吸をする。

もう、なにもかも今さらだ。覚悟だって、もうとっくに決めたはずだ。

「……わかった……どうすればいい？」

「お尻、さわられたの。スカートの上からだったけど……さわさわされた」

大人の尺度で考えれば、胸を触られるのに比べてたいしたことではないと思ってしまいかねないが……おそらくそれは大いなる勘違いだ。

胸が大きく育ったような子に対してはともかく、そうではない小さな女の子が受けるセクハラは、たいがい下半身に集中している。スカートめくりなんかがいい例だ。

要するに、未成熟な少女が、生涯ではじめに意識する「自分の身体のエッチな場所」は、下半身……特にお尻まわりのはずなのだ。

そこを無遠慮にいじられるなんて、この年代の女の子が受ける性的なトラウマのなかでは、最悪の部類のものではないだろうか。

「……わかった」

痴漢には腹が立つが、けれどももはや、雄也は躊躇《ちゅうちょ》を覚えなかった。

具体的に彼女がどういうことをされたかを聞けば聞くほど、どうにかしてでも由那の助けになりたいという思いが強くなっていく。彼女の気が晴れるなら、汚れ役を買って出るくらい、おやすいご用である。

「じゃ……おねがい」

雄也が頷くのを見て、由那がお尻を少し突き出してくる。

触りやすいようにとの気遣いだろうが、なんだか場違いに愛らしい仕草である。

しかし同時に、異常にそそられる光景でもあった。

(やばい……)

奇妙な、背徳的な優越感が湧きあがってくる。痴漢は尻を触られても由那は嫌がるばかりだっただろうが、自分に対しては、こうして自らお尻を差し出してくれるのだ。

「触るね」

ひとこと、そう断る。

返事はなかったが……雄也の言葉に応えるようなに身じろぎしたのを見てオーケーと判断し、彼はいよいよ、手のひらで由那のお尻に触れた。

それなりに身長差があるふたりだが、雄也のほうが少し身をかがむようにすれば、手が届かないこともない。お互い妙な体勢になったせいで、絵面としてはやや滑稽な状態になっているが、けれどもそのおかげで、雄也はなんの不自由もなく由那のお尻を味わうことができる。

「ん、う、んん……っ」

いざ改めて触ってみて再認識したが、慎ましいふくらみしかなかった胸に比べて、お尻はだいぶ「触りごたえ」のある形をしている。

もちろん、成人女性のそれと比べれば、ボリューム自体は慎ましいものだ。

けれど、手を当ててみれば、まるみと、そしてお尻の谷間の形をはっきりと堪能《たんのう》することができる。

なにより違うのは、その「硬さ」である。脂肪の塊《かたまり》である胸と違い、筋肉の割合の大きなその場所は、柔らかさよりもつるりとした張りのある弾力が印象的だった。

癖になる触感だ。

思わずその場所を撫でさすり、あるいは指に力を入れて、揉みごたえを堪能する。

「う、う……っ、さわりかた、やらしぃ……」

「あ、ご、ごめんっ」

「だ、だめ、やめないで……イヤじゃない、からぁ、はう、んんんっ」

無意識に由那のお尻に夢中になってしまっていた。

思わず謝るが、しかし由那が口にしたのは、あくまで続行のお願い。

ただ、そうは言っても、やはり恥ずかしいらしい。口元に右の拳を添え、声が出るのを我慢するその仕草が、雄也の中にくすぶるうしろ暗い情動に火をつける。

ああ、ダメだ。もっともっと、由那の恥ずかしがる姿を見たくなる。

誰にも見せたことはない、おそらく生まれてはじめて浮かべる彼女のその表情を、独占したいと……そう思わずにはいられなくなってしまう。

（……あ）

だから一心不乱に彼女のお尻をいじくりまわし、その感触を味わって……ふと、雄也はある感触が指先に触れていることに気がついた。

尻たぶと太股《ふともも》の境界あたりに、スカートの布地越しでは本当に意識しないとわからないほどの、わずかな段差がある。

いったいこれはなんだろうと内心首をかしげ……しかしすぐに、雄也はその正体に思い至った。

パンティラインである。

由那の幼いお尻を包むショーツと、なににも覆われていない、素肌をさらした太股部分との境界線。

（……うわ）

今まで胸に触れたり尻を揉んだりと、さんざん痴漢めいた行為をしてきたが、雄也は今のこの気づきに、これまでにない圧倒的な背徳を覚えた。

いつも見ている由那の制服姿。

ロリコンとは言っても、彼女のその佇まいそのものに性的な興奮を覚えたことは、それほど多くない。

できるだけそういったことを考えないようにしていたし……またなにより、彼女の制服姿が、いかにも清純そうな可愛さに満ちていたからだ。

でも、こんな感触を知ってしまえば、そうも言ってはいられなくなる。

いつも見ているスカートのその内側に、こんなイヤらしい造形があることをどうしても意識せざるをえない。

はたして明日から、自分は今までどおり、由那に対し「優しいお兄さん」でいつづけることができるだろうか。

今までずっと大切にしていた宝物を、刹那的な欲望にかられて壊してしまったような、そんな後悔めいた思いも覚えてしまう。

「おにぃ、さん？」

いつの間にか、手が止まっていたようだ。

そのことを不審に思ったのか、由那がふり返って雄也を見あげてくる。

なにか返事すべきだったのだろうが、雄也はとっさに対応することができなかった。

信じがたいことに、彼女のその表情は、明らかに、さらなる行為をねだってくるものだったからである。

（……やめてくれよ）

雄也は心底、そう思った。

さっきようやく固めたはずの決心が、そんな顔をされたら、ぐらついてしまうではないか。

あくまで彼女のためにやろうと思っていたのに、自分の欲求がどんどんふくれあがって、無視することができなくなってしまうではないか。

ロリコンであることを自覚しつつ、雄也はそれをよくないものとしてずっと抑えこんでいた。

自分の欲望を優先して、幼い女の子の嫌がるようなことはぜったいすまい、と。

雄也にとって神岡由那とは、そんな「絶対手を出してはいけない女の子」「守るべき女の子」としての、象徴的存在だったのだ。

でも……もし、その由那自身が、性的な行為を望んでいたとしたら。

性的な行為を、由那自身が、楽しんで、受け入れているとしたら。

そうしたらもう、そんな言い訳ができなくなってしまう。

雄也の中にうずまく欲望を「それはあってはならないことだ」と抑えつけていた理

性の枷《かせ》が、意味をなさなくなってしまう。

「おにいさぁん……」

くり返されたおねだりの言葉が、だめ押しだった。

もうだめだ。もう、我慢できない。

抑えきれない情動に突き動かされて、ふたたび雄也は由那に手を伸ばした。

「……ぁ、ん、んっ」

まず雄也が触れたのは、先ほど気づいたばかりのパンティライン。

柔らかい下着の境界線を指先で探りあて、その上を、ゆっくり撫で、くすぐるような優しさでなぞっていく。

「は、うっ、んぁ……っ」

雄也の指遣いに合わせ、由那の身体がびくんと跳ねる。

予想以上の反応に、雄也の胸の背徳感はますます大きく熱くなっていく。

クリトリスや秘部ほど有名ではないが、そこもまた、女性の下半身でも特に感じやすい性感帯のひとつだ。身体の成熟していない由那がそういった場所への刺激で気持ちよくなってくれるかは賭けだったが、どうやら思った以上だったらしい。

胸への刺激の感じようといい、本当に彼女はエッチな才能があるらしい。

「ん、んんっ、はう、あう、んんうっ」

いよいよ由那は、声が抑えられなくなってきたらしい。

いつの間にか右手だけでなく両手で口元を押さえ、きゅっと硬く唇を結ぼうとするも、こらえきれない様子で、吐息とともに甘い鳴き声が漏れ出ている。

ちらりとその表情を窺《うかが》ってみれば、恥ずかしがっているというより、どこかとまどっているようだった。

おそらく彼女は、雄也の愛撫でもたらされた感覚がなんなのか、それすらもわかっていないのだろう。

「由那ちゃん」

だから雄也は、そんな彼女に、手を差し伸べ、道を示してあげるのである。

「声、我慢しないでいいんだよ」

「う、うっ……え？」

「由那ちゃん、気持ちよくなってるんだよ」

その言葉に、由那はぼんやりとした目で雄也を見あげてきた。

迷子になったような、途方に暮れた表情だった。

「これ……今の、きもちいいってことなの？」

「気持ちよくない？」

「わ、わかんない……ん、あうっ」

とまどう由那の感覚器官にじっくりその感触をなじませるように、ことさらねちっこく、お尻を触ってやる。

「ん、んんっ」

「どんな感じ？」

「え、えっと……なんか、ふわふわして、ボーッとして……なんか恥ずかしぃ……」

「それが気持ちいいってことだよ。エッチなときの『気持ちいい』って、こういう感じなんだよ」

重要なのは、その未知の感覚に、名前をつけて定義づけてやることだ。

そうすることで、由那は本当の意味で、性行為というものを知ることができる。

「……そ、そうなんだ」

「気持ちいいときに声が出るのは、普通のことなんだよ。だから我慢しなくていい。無関係の人に聞かれるのはよくないことだけど……エッチなことをいっしょにしてる人に聞かれるのは、いいことなんだよ。我慢する必要はないよ」

「で、でも……」

「でも？」

「なんか……恥ずかしい」

ああ、もう。

本当にこの子は、どこまで可愛いのだろう。

「それでいいんだよ。エッチなことをするときに、恥ずかしいって思う気持ちは、とても大切なことなんだよ」

「そ、そうなの？　よくわかんない……」

「じきにわかるようになるよ」

そう、今は理解できなくていい。

意味がわからなくてもそのことを覚えておけば、いつかは彼女は、存分に性行為を楽しめるようになる。

……もうすでに、雄也の頭の中からは「痴漢にされた由那の心の傷を癒す」という当初の目的は、なかば忘却の彼方《かなた》に消え去っていた。

ただただ、由那の淫らな反応を味わいたいから。彼女をもっとエッチにしたいから。

今の雄也を突き動かしているのは、そんな、下衆な欲求だった。

「………」

由那は……ぼんやりと雄也を見あげ、なにか考えごとをしていたようだ。

眉根をよせて、俯き、じっとすることしばし。

そうして……やがてなにかを決心したか、彼女は小さく頷き、そして予想外の行動に出た。

「……由那ちゃん？」

よほど余裕がないのか、呼びかけに彼女が応えることはない。

無言のまま、由那は今までにないくらいに顔を真っ赤にして……そしてあろうことか、スカートの裾をちょんとつまんで、それを持ちあげはじめたのである。

由那のまさかの行動に目をまるくする雄也の前で、丈の長いスカートがまくりあげられ、その中身が露になっていく。

清潔そうな白いソックスに覆われたふくらはぎ。

どこかでコケたのだろうか、小さくかすり傷の痕がある膝小僧。

薄い肉づきながらも柔らかそうな曲線を描く、あまり日焼けのしていない太股。

そしてとうとう……無地の白いショーツに覆われた小さなお尻が、姿を現した。

息を呑んでしまう。

染みひとつないきれいな造形の一方で、先ほどの愛撫のせいだろうか、下着の裾が若干乱れて、尻の谷間に食いこんでいるのがなんとも生々しかった。

気のせいだろうか、彼女のその場所が露になったとたん、ふわりと甘いミルクのような香りが漂ったような気がする。

それはあるいは、由那自身の幼い体臭だろうか。

「教えて、ちょうだい？」

ぼそりと、由那は恥ずかしげに言った。

「恥ずかしいのがいいとか、お兄さんの言うこと……よくわかんないから。だから、もっとエッチなことしたらわかるかもしれないから……だから」

だからもっと触ってほしいと、由那は露になったお尻を突き出してくる。

自分の口調が言い訳じみたものになっていると、はたして由那は気がついているだろうか。

（……ああ）

とうとうここまで来てしまった、という実感があった。

先ほど、由那は「スカート越しに触られたのが、痴漢にされた最後のこと」だと言っていた。だからこれは、本当ならばルール違反だ。痴漢にされたときと同じことをしてほしいという、彼女が最初にした願いからすれば、大幅に逸脱した行為だ。

でも、今はもう、由那も雄也も、そこで待ったをかけるようなことはしない。

雄也も、そしておそらく間違いなく由那のほうも、当初の目的なんて、今や完全にどうでもよくなっていた。

「…………」

無言で促してくる由那に応え、雄也は彼女のなかば露出したお尻に、改めて触れた。

(……ああ、これは……すごい)

指先が痺《しび》れるほどの感動だった。

はじめて触れる由那の素肌の感触に、脳の中身が真っ白になった気さえした。

今まで彼女に触れたことがあっても、それは所詮、隣同士に座ったときの服越しのふれあいでしかなかった。

当然、手を繋《つな》いだことすらない。だというのに今、雄也は、あるべき手順をすべてすっ飛ばし、由那のお尻に、じかに手を触れているのである。

(女の子の肌って……こんなにつるつるしたものだっけ……?)

由那のお尻の感触は、感動と同時に、そんな違和感を覚えるほどのものだった。

とにかくスベスベで、つるりとした肌ざわり。

人肌と言うより、柔らかいゆで卵と表現したほうがよほどしっくりくる。

何度か触れたことのある女性の肌とはまったく次元の違う触り心地だった。

それほどまでに、由那の肌は若々しく、瑞々《みずみず》しいのである。

「ん……っ」

そして同時に、お尻を包みこむショーツの触感もすさまじい。

おそらく昨日お風呂からあがってから、一晩分ずっと由那のその場所覆いつづけて来た柔布は、わずかに汗を吸い、なにより彼女の体温によって蒸れている。

じっと手のひらをお尻のまるみに添わせて触れてみれば、じんわりと熱っぽい彼女の体温を、今まで以上に生々しく感じられた。

「はぅ、んん……」

不道徳な行為をしているというのに、由那の吐息は、どこか安らかですらあった。

まるでそれは、彼女のほうも、雄也の体温をじかに感じて安心しているようでもある。

（……かわいい）

率直に雄也はそう思った。

彼女の眠れる淫性をもっと開花させたいという欲求と同時に、このいとけない少女をずっと愛《め》でていたいとも思う。

痴漢となんら変わらない下卑た思いと同時に、可愛い小さな子供の頭を撫でるときのような優しい気持ちも確かにあって……もう、自分で自分の気持ちがわからない。

「あ、あ、あ……っ」

そうしてそんな中で、由那はどんどんその声を、甘く大きくしていくのだ。

素直な彼女は、手で口を押さえそうになるのを我慢しているらしい。

きゅっと両手でスカートの裾をつかみ、なにかをこらえるように握りしめて、ふるふると拳《こぶし》を震わせていた。そのせいか、彼女の口から漏れる声は先ほどよりもずいぶん大きくなってきていた。

「う、んんんっ、あう、あ、はうっ、あうっ」

耳元に響く甘い声に脳が解かされる。雄也が彼女のお尻を揉み、撫でさすり、くすぐり……そうやって愛でれば愛でるほど、その声はさらに甘さを増してくる。

理性を溶かし、腐らせ、いけない気持ちがどんどんふくらんでくる。

そうして……ふたりは、どんどんいけない深みにはまりこんでいく。

「ん、あ……っ。あああっ」

由那はびくんと大きく身体を痙攣《けいれん》させ、その拍子に、雄也の手が由那の下着のやや下のほうに触れてしまって……そして雄也は、由那に起きている重大な変化に、今さらながらに気がついた。

(……え?)

ほんの少し触れただけのその感触に、一瞬で意識を持っていかれてしまった。

熱く火照った由那の肌を包みこむ、純白の柔らかなショーツ。

さらりとした肌ざわりのいいはずのその布地の中に、ぬるりとした、明らかに異質な湿り気を、わずかに、しかし確かに感じたのだ。

(まさか……まさか……)

考えるよりも先に身体が動いていた。

いったん手を離し、もっぱらうしろから触ってばかりだったのをやめて、雄也は、
由那の身体の前側に腕をまわりこませた。

そうして彼の指先が触れた先は、当然、由那の股間の中心部。陰唇の、スジの場所。

「あ、んあ……っ、ひぅ、んん……っ」

ひときわ甲高い由那の甘鳴き。

それと同時に、はっきりと大きな「くちゅり」という湿った水音が、雄也の耳に確かに届いた。

そして……その水音がなにかを自己主張するように、彼の指の腹は、先ほどと同様

に、疑いようのない湿り気を感じ取っている。

間違いない。

由那は……この少女は、股ぐらを濡らしているのだ。

由那は、まだ小学生だ。

二次性徴に差しかかったばかりの、幼さを多分に残した体つきを持つ少女だ。

性的快感の経験が乏しいために、それを性的快感として認識できないほど、そういった行為とは今まで無縁な生活を送っていたはずだ。

だというのに、今、そんな少女は……神岡由那は、間違いようのない快感を覚え、快感の証《あかし》である愛液を分泌させているのである。

その事実を、今さら、改めて雄也は認識した。

このショーツのさらに奥には、愛液を分泌する器官が……つまり、膣があるのだ。

男性器を受け入れ、男と快楽をともにし、精子を受け入れ、子をなすための生殖器があるのだ。

もちろん、今のこの場で、その場所に、じかに触れる勇気はない。

いくら気持ちが高揚して頭がおかしくなっていても、そこのラインを守るくらいの理性はある。

けれどそれでも、その現実を前に、否応《いやおう》なく興奮してしまうのも、また事実だった。

「あ、あっ、んああ……っ」

だからもう、止まれない。

ショーツの股間の部分を指で念入りにまさぐる。

擦《こす》りつけるようなことはせず、クロッチ部に指先を押しつけ、ぐりぐりと圧迫し、雄也自身も由那の感触を楽しみながら、彼女に快楽を刻みつけていく。

「う、ん、はう、う……っ、あ……っ」

指を押しこむごとに、ショーツの向こうがわで陰唇がほころんでいるのか、じわりじわりと新しい愛液が染み出してくる。

木綿の薄布は甘ったるい体液を吸い、べったりと肌に貼りついて、もうほとんどじかに触れるのと変わらないほどの鮮烈さでその場所の手ざわりを雄也に伝えてくれる。

「はうう……う、う……っ、ん……っ」

ひく、ひく、と小さく震える身体。

もの欲しそうに震える秘肉。

小さな身体に、爛《ただ》れた甘い熱が蓄積し、高まっていくのが、確かにわかった。

「あぅ……あ、あっ、あう、あっ……だめ、だめ、だめぇ……っ」

そして……とうとう、限界が来たらしい。

「……あ……っ」

顎があがり、膝ががくがくと震え……きゅ、と由那の全身が不自然にいきむ。

そして次の瞬間、もう立つこともおぼつかなくなったようで、彼女はがくりと体勢を崩してしまった。

「あ、おっと……」

とっさに支えようとするが、さすがにいきなりのことで間に合わなかった。

雄也が腕をつかんだおかげで、身体を強く打つようなことはなんとか免《まぬか》れたが、倒れるのを防ぐことはできず……由那は座敷席に身を横たえるかたちとなった。

「はう、あぅ……あ、あぁ……んんっ、はう……」

横寝の格好でしばらく身もだえ、しかしそれだけでは息苦しかったのか、仰むけに姿勢を変え、大きく呼吸をくり返す由那。

「……ふぁぁ……あう、んん、はぅ……」

そんな彼女は今、惨憺《さんたん》たる有様になっていた。

さっき胸を触っていたせいもあるのだろうか、制服はなかばまで脱げ、へそや鎖骨や、さらには肌着までのぞけて見えてしまっている。

それよりなによりひどいのは、下半身部分である。

膝をゆるく立てているせいでスカートがまくれ、中の白いショーツがまる見えだ。

清潔で子供らしい無地の下着は、その子供らしい佇まいに反し、先ほど雄也が指先で触れていた感触が示すとおりに、クロッチ部にはっきりとした染みができてしまっている。

下着が脱がされていない状態ではあるが、それでもこれはまさしく、恐ろしい性的な暴力にさらされたあとの、あられもない姿であった。

（……やばい）

今さらながらに雄也はどうしようと思ってしまった。

いまだに興奮の冷めやらぬまま、それでも行為が一段落ついたことでいくぶんか頭が冷静になってみれば、自分のしでかしたことにおののかずにはいられない。

「はふ……」

一方で……由那はなにを思うのだろう。

立ちつくす雄也の目の前で、しばらく浅い呼吸をくり返していた由那の表情は、やはりよくわからない。

まだその幼い身体を苛《さいな》む淫熱は抜ききれていないようで、雄也を見あげるその瞳はとろんと潤み、口元もゆるんで力が入っていないのか、わずかによだれが垂れているのが見えた。

「由那ちゃん、よだれ」

「え、う、うそ」

指摘すると、ふわふわとした表情のまま、由那は手の甲で口元をごしごしと擦って、そして「えへ……恥ずかしい」と照れかくしのように小さく笑った。

けれど互いになにを話せばいいかわからず、沈黙の中で視線がからみ合う。

自分はいったい、どんな顔をしているだろうかと、そんなことを雄也は思った。

後悔の滲《にじ》んだような顔をしていないだろうか。

もしそうであれば、最悪だ。

なにかと聡い由那であれば、そんな雄也の顔から彼がなにを考えているかを見すかして、そして傷ついてしまうだろうから。

「……えへへぇ」

けれど……激しい快感の余韻の中ではそんなの余裕もないのか、由那はただただうっとりと、口元に手の甲を押しつけたまま、ゆるゆると幸せそうに笑うだけだった。

なんと言うべきか……不思議な表情だった。

どこか恥ずかしそうな。それでいながら、なんだかほっとしたような。

少なくても今の由那の表情には、今朝がた彼女が見せていた硬さは、どこにもない。

そうして……彼女は言うのだ。ゆるゆるとした、のんびりな笑顔で。

「やっぱり、お兄さんにされても、ぜんぜんイヤな気持ちにはならなかった」

「そっか」

「あとね……さっき言ってた、恥ずかしいのがいいっていうの……なんか、ちょっとわかったかも」

「……そっか」

雄也は思う。

はたして今も自分は、優しい笑顔を浮かべたままでいられているだろうか。

優しいお兄さんとして、いつづけていられているだろうか。

指にまつわりついたままの由那の淫液が、やけにはっきり感じられた。

第二章　めばえ

1

　仕事がひとくぎりついたので、今日は珍しく、定時に帰ることができた。

　雄也の勤め先は比較的労働条件がいいほうだが、それでも週に一度設けられている定時退社の日を除けば、定時で帰ることができる日はそうそうない。

　特に最近は、担当している業務が偶然複数重なって、職場全体がかなり混乱していた。そういう意味でも、ようやくまともに休息ができるようになったことによる安堵《あんど》感はかなり大きい。

（というか……俺、本当に由那ちゃんに助けられてたんだなぁ……）

家へと向かう電車の中で、なにをするでもなく窓の外をぼんやり眺めながら、雄也は、ここ数週間、毎日おしゃべりをするようになっていた少女に思いを馳せる。

ピリピリした空気が充満する職場で何日間も働くなかで、毎朝彼女が見せてくれた無邪気な表情は、間違いなく雄也にとって数少ない癒しだった。

彼女とのふれあいは毎日十分ほどのほんの身近なものだったが、それでも、ともすればやさぐれかねないような陰鬱な日々に、つい数日前まで名前も知らなかった彼女が、涼やかな風穴を開けてくれていたのである。

本人はもちろんそんなことをしたつもりはないだろう。礼を言っても、まだ社会を知らない彼女はなにもわからず、ただきょとんとして首をかしげるだけに違いない。

だが、それでいいのだと雄也は思う。

互いになんの意図もなく、そうでいながら気づかぬうちに助け合っているというその構図こそが、雄也にとっては居心地がよく、また尊いものに思えた。

けれど……なにごとにも終わりというものはある。ここ数日、雄也は特にそのことをつくづく思い知っていた。

雄也と由那の関係に起こった変化が、はたしていいものなのか悪いものなのか、いまだに雄也はわかっていない。

もしかしたらそれは、最終的にはいい結果をもたらすものかもしれない。

ただそうであっても、かけがえのないものを自らの手で変えてしまったこと、そしてそれがもう戻ることはないということに、雄也は寂しさを感じてしまうのだった。

「……はぁ」

ポケットに入れていたスマホを取り出し、そこに表示されていたものを見て、雄也はひっそりとため息をついた。

やがて電車が、最寄り駅に停車する。

ホームに降り、そこでいったん、できるだけ深刻そうな表情にならないよう、頬のあたりをマッサージするようにぐりぐりと両手で揉んだあと……意を決して雄也は改札を出て、駅の出口へと向かった。

「あ、お兄さん、こんにちは」

「……や、こんにちは」

券売機のそばで人待ち顔で立っていた少女に声をかけられ、思いの外元気そうなその様子に内心面食らいながら、雄也は挨拶を返した。

「もしかして待たせちゃった？」

「んーん、大丈夫」

そう言葉を交わす相手は、もはや言うまでもない。

神岡由那。

ここ数週間、朝の電車でおしゃべりをするようになった関係の……そして数日前、雄也と秘密の関係を持ってしまった、小学五年生の美少女である。

ふと、なんとなく同時に黙りこくり、立ちつくす。

なんだかちょっとおかしくなって……そんな場合ではないはずなのに、場違いにもふたりはそろって噴き出してしまった。

「なんか……不思議な感じだね」

「ね」

先日の無人駅での一件はともかく、基本的にふたりは朝に電車で顔を合わせるだけの関係だ。今朝だってそれはまったく変わらなかった。ちくわにキュウリを挿《さ》した食べ方がどうにも許せないだとかなんとか、そんな無邪気で他愛ない話をしたあと、乗換のために電車を降りていく由那を見送った。そんな感じで、少なくてもコミュニケーションの内容や頻度で言えば、以前とまったく変わっていない。

だというのにその夕方に、いきなり、こうしていかにも「待ち合わせしました」みたいなやりとりをすると、どうにも滑稽に思えてしまう。

そういう意味で言えば……やはりふたりの関係の変化は、いいほうに向かっているのかもしれない。少なくても今、由那がここにいる背景は、決して明るいものではない。それでもこうして暢気《のんき》に笑えているのならば、それはそれで、雄也にとっても本当に心の底から歓迎すべきことだった。

「ええと……じゃあ、行こうか」

「はあい」

「歩いて二十分くらいかかるけど、大丈夫？」

「へーき！」

そう言いあって向かう先は、当然、雄也の住まいである。

つくづく不思議な気分だった。毎日ひとりで歩いていた家への道のりを、今、雄也は、ほとんど顔見知り程度の関係でしかない少女と、並んで歩いている。

家なみや店屋の看板はなにも変わらないはずなのに、隣に由那がいるだけで、見慣れたそれらの町並みが、まるごと非日常に取りこまれてしまったような気がした。

夢の中にいるようにふわふわと現実感がなく、ちゃんと地に足をつけて歩いているはずなのに、どうにも足下がおぼつかない。ともすれば、次の瞬間に足の下が抜けてしまうのではないかと、そんな思いにすら囚《とら》われてしまう雄也だった。

「そういえば、夕飯とかどうするの？」

「あ、えっと、じつは今日、お金で買う日で」

家へと向かう道すがら、ふと気になって尋ねてみると、そんな答えが返ってきた。

「今日、パパとママ、どっちも仕事で……帰ってくるの、すっごい遅いの」

その笑みがどこか寂しそうにも見えて、雄也は「そうか」と曖昧に相槌《あいづち》を打った。

そういえば、先日雄也がサボりに誘ったときも、彼女は親御さんに休む旨を電話で話していたはずだが……特に叱られたりしたような様子はなかった。今までしてきた朝のおしゃべりでも、両親の話題が出たような記憶はない。

行儀もよく、躾も行き届いていて、大事に育てられた子なのだろうとなんとなく思っていたが、この少女は思いの外、親子のふれあいに乏しい環境に暮らしているのかもしれない。

（……でも、そこまで首を突っこむのもな）

そうも思う。

いろんなめぐり合わせでこんな関係になっているが、自分ではどうにもならないことに考えなしにかかわっても、それがいい結果に結びつくことなどそうそうない。それは、たんなる無責任だ。少なくても雄也はそう考えている。

「じゃあ、いっしょに食べようか。美味しいお弁当屋さんがあるんだよね」

「え、でも」

「時間的に遅くなるだろうし、お腹《なか》すくでしょ」

やや強引に言いくるめるように言うと、ほんの少しはにかむような笑みを浮かべて由那は「うん、じゃそうする」と言ってきた。

だから、雄也にできるのはせいぜいこれくらいだ。

親がわりになることなんてできないけれど、でもせめて、今日くらいはいっしょに食事をして、由那がひとり寂しく食卓に向かうようなことにならないようにするくらいは、やっても許されるはずだ。

「というか……お兄さんこそ、大丈夫だった？」

物思いに耽っていたところに、今度は由那が尋ねてくる。

見れば、どことなく申しわけなさそうな表情が、彼女の美しい顔に浮かんでいた。

「大丈夫って、なにが？」

「だって、すっごく急に連絡したから」

「ああ……大丈夫大丈夫」

いきなりの話であったことは、さすがに由那も気にしていたらしい。

「確かに、ちょっとびっくりしたけどね」

「なんだそんなことか」とは思わないが、だからといって、特に腹を立てるようなことでもない。なので雄也は、由那を安心させるように優しく笑みを返した。

「むしろ、今日でちょっと助かったかも」

「そうなの？」

「残業なしで早く帰れたし……それに部屋、週末に掃除したばっかりだったんだよね。汚くなってる部屋を見られずにすんでよかった」

冗談めかして雄也が言うと、そこでようやくリラックスしてきたのか、由那はちょっとおかしそうに笑ってくれた。

いつも彼女が見せてくれている、自然体の笑みである。

ふと雄也は思う。傍目《はため》に自分たちは、いったいどう見えているのだろう。年の離れた兄妹とかだろうか。あるいは、親戚関係とか、家族ぐるみでつきあいのあるご近所さんか。

でも、実際はそうではない。雄也と由那の関係は、そんな健全なものでは、まったくない。なくなってしまった。

……そう。じつは由那との関係は、あれきりとはならなかった。

今日の昼間、念のためにと連絡先を交換していた由那から、連絡があったのだ。

——また今日チカンされちゃった。前みたいなの、お願いしていい？

つまり……そういうことなのだ。

今からふたりは、先日のあの海の日と同様に、いやらしいふれあいをするのである。

2

道すがら、雄也がよく利用する弁当屋で夕食を買い、ふたりは雄也の家に入った。

「あ、ホントにお部屋きれい」

「古いけど、けっこう広いでしょ」

都市部から遠く離れた駅から、さらに徒歩で二十分。

不便なぶん、2DKというひとり暮らしにはかなり広めの間取りでも、そこそこ安い家賃なのが雄也の家のいいところだ。築三十年とけっこう古めの物件だが、数年前にリフォームしたらしく、古くささもあまりない。

「ま……とりあえず、まずはご飯、食べよっか」

由那の親は帰りが遅いということだが、それでも時間が無限にあるわけではない。

手洗いうがいをして、買い置きのお茶を用意し、さっそく雄也たちは買ってきた弁当を開けて「いただきます」と手を合わせ、食事を取ることにした。

「……あ、おいし」

「でしょ。けっこうこの店、お気に入りなんだよね」

ちなみに、雄也が買ったのは豚肉と茄子《なす》の炒め物弁当、由那は子供むけのミニハンバーグ弁当である。

チェーン店ではなく個人経営の弁当屋のものなので、よくある「量産もの」感がなく、どちらかというと「お袋の味」といった優しめの味つけが、雄也のお気に入りだ。

とはいえ、それはあくまで雄也の好み。由那の口に合うか正直なところ若干不安だったが、どうやら彼女の舌にも合ってくれたらしい。

ハンバーグを細かく箸《はし》で切り分け、口に運ぶごとにその表情が和らいでいるのが、なんとも可愛かった。

箸の持ち方もきれいで、食べる姿ひとつとっても気品すらある。

「……えへへ」

ふいに、うれしそうに由那が笑った。

「なんか……やっぱりいいね。誰かといっしょにご飯食べるの」

「学校でも友達とかと食べるでしょ」

「学校は別だもん」

まあ、言われてみれば、確かに由那の言うとおりかもしれない。

いくら学校では多人数で食べていても……いや、むしろだからこそ、帰宅後にひとりでする夕食は確かに寂しいものだろう。一日の締めくくりの、プライベートな空間をひとりで過ごすことになるのだから。

そのことを考えれば、どうやらいっしょに食事をしようという誘いは、正解だったようだ。雄也としてもほっこりした由那の笑顔が見られてうれしかった。

「……うし。ごちそうさま」

「わたしも、ごちそうさまでした」

由那の食べるペースに合わせながら雄也もゆっくり食べて、やがてほぼ同時にそろって合掌。子供むけといっても由那の弁当もそれなりのボリュームがあったはずだが、見事完食したところを見ると、本当に美味しく食べてくれたらしい。

「……さて、と」

とりあえず弁当を片づけ、最後に水を飲んでひと息ついて……そこでふたりは、そろって顔を見合わせた。

漂う妙な空気に、少し雄也は息苦しさのようなものを覚えた。

どうやらそれは由那も同様だったようで、食卓に座ったまま、どこか居心地悪そうにもじもじしている。

彼女もわかっているのだろう。和やかな食事の時間は、もうおしまいだと。

これからは、いけない大人の時間である。

「そろそろ、しようか」

「……うん」

雄也の呼びかけに、由那は本当に控えめに、こくりと小さく頷いた。

しかしいくらそういった行為をすると言っても、ベッドを使うのは、正直なところ躊躇われるものがあった。さすがに最後までするわけでもなし、ベッドで行うと必要以上に淫靡な空気になって、雄也の理性がどうにかなりそうな予感がする。

それだけは絶対に避けねばならないことだろう。由那のためにも、もちろん、雄也のためにも。

いろいろ考えたすえ……結局ふたりは、ＴＶの前に置いているソファのそばで行うことにした。

「今日はどうする？」

ながら口を開いた。

「あ、えっと」

指示を仰ぐと、由那はしばらく黙考したあと、ちょっと恥ずかしそうに目を伏せな

「前よりもっと、エッチなこと……してほしい」

本当にいいのかと視線で問いかけると、由那は小さく頷いてくる。

「チカンには、前にされたのと同じようなことしかされてないの。でも」

「怖かった？」

問いかけに、ふたたび頷く由那。

「もっともっとエッチなことをお兄さんにされれば……それが本当のうれしいエッチなことだってちゃんと思えて、チカンされてもへっちゃらになれると思うの」

彼女の願いを聞き入れた以上、雄也はもう由那の願いを拒否することができない。

もちろん……内心、それでいいのかという思いは、雄也の中に確かにある。

先日の行為での由那の乱れようは、すさまじいものだった。

由那の口にした理屈はじつは方便で、たんに彼女は先日の快感に味をしめて、癖になってきているのではないかと……そういう疑念もなくはない。

だとすればそれは、小学生の彼女が知るには早すぎるものだ。

けれど、それを指摘するのは、どうにも躊躇われる。

痴漢されて彼女が傷ついたのは、まぎれもない事実だろうから。

「お兄さん？」

「ああ、いや。ごめんごめん」

（……まあ、いいか）

ここは開き直るしかないだろう。

大人である雄也が、そのあたりをわきまえていればいいだけの話だ。

最低限、せめて一線を越えなければ問題ない……という考えは、それこそ言い訳かもしれないが。

「じゃあ……そうだな。制服、脱ぐことはできる？」

「え、服？　脱ぐの？　えっと、上も？」

「そう、上も。もともとエッチなことって、普通は裸でするものだしね。前以上にエッチなことっていったら、そうするのがいいと思う」

「……そ、そうなんだ」

「恥ずかしかったらそのままでもいいよ」

「わ、わかった……恥ずかしいけど、脱ぐ」

先日はむしろ自分からスカートをまくりあげて下着を披露してくれた由那だが、やはり素面《しらふ》の今ではそういうわけにもいかないらしい。

顔を赤くし、しばらく俯いて、躊躇うようなそぶりを見せたあと……やがて由那は、意を決した表情で自分の制服に手をかけた。

ゆっくりとボタンがはずされていく。

黒を基調にしたブレザーが脱ぎ捨てられ、同様にその下に身につけられた白のブラウスもはがされていき……そしてとうとう、子供むけのキャミソール一枚となった。

(……そっか。由那ちゃん、やっぱりまだブラはつけていないんだ)

先日触ったときにはつけていないのかスポーツブラなどの柔らかい仕立てのものをつけているのか判然としなかったが、つけていないのが正解だったらしい。

しかしそれ以上、由那は上半身を脱ごうとしなかった。さすがにキャミソールを脱いで素肌をさらすのには抵抗があるようだ。

ふたたびしばらく躊躇したあと、由那の指は、次はスカートへと伸びていく。

ファスナーが下ろされ、そして躊躇いがちな手つきで、ゆっくりスカートが脱がされていき……そうなればもう誰も止めることはできず、支えを失ったそれはぱさりと乾いた音を立てて床に落ちた。

そこで今さら気がついたのだが、今日の由那は、足が白いストッキングに包まれている。いや、よくよく思い返せば、そういえば先日の海の家での行為以降、由那はいつもそれをはいて、素足をさらさなくなっていたような気がする。

おそらくそれは、痴漢に対する由那の、せめてもの抵抗なのだろう。

白いストッキングの布地はかなりの厚手で、下着もまったく透けて見えない。じっくり目をこらして、本当にやんわりとショーツの厚みのぶんだけ盛りあがった凹凸が、ようやくなんとか確認できる程度である。

裸とはほど遠いその姿は、しかしひどく艶めかしくも見えた。

肌もほとんど見えず、下着がどんな柄かもまったくわからないが、むしろそうであるがゆえに、由那の下半身の絶妙な曲線だけが、はっきりと強調されてしまうのだ。

ほんのりと肉のついた腰まわり。引きしまった太股。ややぷにっとしたふくらはぎ。理性で歯止めをかけていなければ、即座にむしゃぶりつきたくなるほどの絶妙な造形が、そこにはあった。

「……お兄さん、目がエッチぃよ……」

少し頰をふくらませてそう言いながらも、由那はストッキングの裾に指を引っかけ、それも下ろしていく。

くるぶしのあたりまで一気に引きずり下ろし、そしてそこからは片足ずつあげて引き抜いて……そうしてとうとう、もはや街中では決して見ることができなくなった、小学五年生の生足が露になった。

スカートはすでになく、下半身で守られている場所はもはやショーツの部分だけ。白く柔らかい布地に守られている股間部分ももちろん魅力的だが、同時に、はじめて見る、きちんと爪の切りそろえられた素足の足先が、妙に雄也の牡の部分をかきたててくる。

性的な場所ではまったくないはずなのに、少女の裸足をじかに見ることに、背徳感を覚えてしまう。

おそらくそこは、本来、雄也のような他人が見るべきではない、彼女のプライベートの領域のように感じるからだろう。

「触るね」

「……ん」

返事をしてきたのを確認して、雄也は由那の身体に手を伸ばした。

由那は前より激しいのをお望みだ。だから前のように段階を踏むことなく、雄也はいきなり、由那のウイークポイントに指先を伸ばした。

左手は控えめな胸に。そして右手は、可愛らしいショーツに覆われた股間に。

「……んっ」

左手はキャミソールの上から胸の形状を慎重に探り、乳輪の場所を見当をつけて、そのまわりをくすぐるように指を這《は》わしていく。

同時に右手は前回と同様にパンティラインに添って、優しく優しく撫で愛でる。

「……は、ふ……んんっ」

慎重に、辛抱強く指を動かしていくと、じきに由那の呼吸が乱れてきた。見れば頬もほんのりと赤らみ、目元もわずかに潤んでいる。

これなら、さらに動きを大胆にしても問題ないだろう。

乳輪のまわりばかりをくすぐっていた左の指先は、胸の中心部へ。

下着のきわを撫でていた右の指先は、股間の中心部、クロッチの部分へ。

(……すごいな)

指先に触れる感触に、雄也は内心驚嘆した。

前回ほど激しく濡れてはいないが、下着越しにほんのり湿り気を感じる。

やはり由那はそうとうに感じやすい体質であるらしい。あるいは行為を前に、もう興奮していたか。

（というか……これ、しまったな）

気づいたが、替えの下着も用意させていないこの状態で、下着を汚させるのはあまりよくないのではなかろうか。

前回の海の家ではもっと激しく汚させていたわけで、本当に今さらの気づきだが、それでもさすがに、このまま放っておいてさらに汚してしまうのを、見て見ぬふりをするのも忍びない。

「ねえ、由那ちゃん、下着、脱ごうか」

「ふぇ……ぱんつ、ぬぐの……？」

夢見心地でぼんやりしながら、由那が聞き返してくる。

どこか躊躇いがちな表情なのは、やはりまだ恥ずかしさが残っているからだろう。

「はいたままだと、パンツ、汚しちゃうし」

「う……それは、そうかも、だけどぉ……」

少しもじもじしたが……しかし雄也に反論する言葉を見つけられなかったらしく、由那はひどく控えめに「わかった……」と了承してくれた。

しかし返事をしただけで、彼女はいっこうに動く気配はない。

どうやら自分で脱ぐ勇気はないらしい。

なので雄也は「脱がせるね」と断ったうえで、できるだけ優しく、由那をびっくりさせないように、下着の裾に指を引っかけ、それをゆっくり引き下げていった。

「……うぅ」

恥ずかしそうに身じろぎする由那。

一方で雄也も、正直なところ、内心気が気ではなかった。

つるりとした滑らかな太股の肌ざわりが、否応なく指先に触れる。

前回もお尻に直接触れたわけだが、たった一回の経験でその鮮烈な感触に慣れるはずがない。

なにより今、雄也は、由那の下半身を守る最後の砦《とりで》であるショーツを、自分の手で脱がせにかかっているのである。

由那を気持ちよくするという大目的も忘れて、自分の股間に熱いものが逃れようもなく蓄積していくのを感じてしまう。

そして……やがてとうとう、由那のすべてがあばかれた。

（……うわ）

覆うものすべてがはぎ取られた由那の股間を目の当たりにして、雄也は息を呑んだ。

その場所をひとことで表現するならば「かわいい」だった。

わずかな和毛《にこげ》も生えていない、つるつるの秘部。

当然のように色素沈着のまったくない肌色を保っており、中のびらびらもまったく外にはみ出ていない一本スジ。

男性器を受け入れる器官のはずなのに、性行為などとはまるで縁のないような、未成熟で、汚れをいっさい感じさせないような造形だ。

今までまったく性的な経験がなかったからこその、なにひとつ欠けていない、これこそが完成品だといわんばかりのその佇まいに、雄也はただただ圧倒された。

(……こんなところを触れってのか)

ついそんな感想を覚えるが、しかしそれは滑稽な話だ。

なにせすでに、雄也はこの場所を、下着越しとはいえいじくりまわし、快楽を刻みつけてしまったのだから。

だからもう止まる必要などどこにもない。まずは手を伸ばし、指を添えてみる。

人さし指が、ちょうどスジの部分に添うように、ぴとりとふれあった。

「ん……っ」

すでに下着越しの愛撫で充分熱をためこんでいた由那の秘部にとっては、それだけでも充分な刺激だったようだ。

ただふれあうだけでも、完璧な形状を保っていたはずのスジはほころび、とろりと愛液がこぼれ出て、雄也の指先を濡らしはじめた。

「……由那ちゃんのここ、めちゃくちゃ熱くなってるね」

「う、そ、そうなの？　わたし、なんか、病気なの？」

「あ……いや、そうじゃなくて」

なんとも純朴な問いかけに、顔がほころんでしまう。

おそらく由那の中では、「体温が高くなっている」イコール「熱が出るようななにかの病気にかかっている」なのだろう。

魔が差して由那にいじわるするつもりで言った台詞だったが……なかなかうまく伝わらないものである。

「エッチな気分になってドキドキするとね、体温って熱くなるんだよ」

「……ほっぺただけが熱くなるんじゃないんだ」

「そ。由那ちゃんがエッチになっている証拠だから、これはいいことだよ」

「……あう」

あらためて自分が性感を覚えていることを突きつけられて、由那は恥ずかしそうに顔を赤くする。

けれどその一方で、彼女の顔には、まだ性行為に対する抵抗はない。

それだけ彼女が、雄也のことを信頼してくれているということなのだろう。

(……もう少し、やってみようかな)

そう判断して、添えていた人さし指を、まったりと動かしていく。

敏感な粘膜を傷つけないよう、彼女のそこからにじみ出た幼蜜を指になすりつけてローションがわりにし、ゆっくり、ゆっくり前後に摩擦を加えていく。

「ん、う、ん、ん……っ」

由那の口元から漏れるのは、今や完全に甘く蕩《とろ》けた甘い声。

やはり由那は、そうとうに才能があるようだ。

由那の股間に与えられているのは本当にゆるやかなふれあいなのだが、それでも彼女の股ぐらのぬかるみはより粘度を増していく。

「は、はっ、あ、んっ」

陰唇の奥に潜む膣ヒダが、ひくひくと蠢《うごめ》くのが指先にはっきりとわかる。

スジのはしにある陰核もだんだん硬く熱くなってきて、立派に性感帯として、めばえの季節を迎えていく。

「あ、あっ、あ……っ。だめ、だめだめだめっ」

そうして……はたして意外なほどに、由那は音《ね》をあげるのが早かった。

「おっ……と　危ない」

もはや足に力が入らなくなったようで、ふにゃふにゃと雄也に縋《すが》りつくようにもたれかかってきた由那を、雄也は愛撫していないほうの左腕でとっさに支えてやった。

(うわ、軽……っ)

いざこうして体重を預けられると、改めて由那の身体の小ささを思い知る。

体重が軽いだけでなく、片腕だけでもすっぽりと包みこめてしまうほどに、肩幅も小さく、腕も胴体も細い。

「……大丈夫？」

「ん……だいじょうぶ」

やりすぎたかと顔色を窺ってみたが、どうやら平気なようだ。

いやむしろ、どこか物寂しそうな、物足りなそうな表情にも見える。

「もっとしてほしい？」

「……ん」

控えめだが、はっきりそれとわかる肯定のうなずき。

すえ恐ろしいとは、こういうことを言うのだろう。

(……ああ、もう、これは……無理だ。我慢できない)

こんなのを目の当たりにしたら、理性など保てるわけがない。

もっと触りたい、もっと由那を感じたいと、どんどん欲求がふくれあがっていく。

「じゃあ……もっと気持ちよくしてあげる」

だから彼女の望みどおりに、雄也は由那を、さらなる高みに導いてあげるのだ。

「ん、あ……っ!?」

雄也の指先が触れたのは、由那のクリトリスである。

今までの愛撫で充分に興奮させられ、硬く隆起して自らの存在を主張しているそこを撫でると、びくんと大きく彼女の腰が跳ねた。

今までの愛撫の反応からして、クリトリスも性感帯としてしっかり機能するだろうと踏んでいたが、実際どうやら、それは予想どおりだったようだ。

(小学生のこんな身体でも、クリトリスでこんないい反応するんだ……)

内心そう驚くが、しかしそもそも思い起こせば、雄也も精通は小学六年生くらいだったと思う。してみれば、彼女の年齢でこんな反応をしても、なんら不思議ではないのかもしれない。

「んっ、ん、は、あっ、あう、んんっ　あっ、あっ」

さらに愛撫を加えていくと、由那は面白いくらいに、びく、びくと大きく身体を震わせ、甘く鳴き声をあげてくれる。

今まで多分に残っていたとまどいの気配はだんだん薄れていき、純粋に気持ちよさに浸るようになってきているのが肌でも感じ取れた。

「はぅ、はぅ、は、あっ……っ」

「気持ちいい？」

「ん、あ、あ、あっ、あっ」

聞いても、返事はない。虚《うつ》ろな目をさまよわせ、湿った唇から絶えず甘い声が漏れつづけている。

「……ぁ」

しかしそんな中で……由那はなにかに気がついたらしい。

泳いでいた視線がふと一点で止まり、一瞬吐息が止まる。

いったいなんなのかと思ったが……問いかけるより先に由那が動いていた。

「由那ちゃん……？　って、うあっ」

思わず声をあげてしまう。

由那の指先が、おずおずと、雄也の股間に触れたのである。

刺激そのものはまったくたいしたものではない。くすぐるような控えめな感触が、そっと雄也の股間の先端に乗せられただけだ。

けれどそれでも、これはタイミングが悪かった。

なにせ今、雄也の股間は、じかに、間近に、由那が気持ちよくなっているのを感じて、ズボンの中で最大径までふくれあがっていたのである。

そんな状態で触れられたら、そんなの、気持ちいいに決まっている。

「な、な……？」

けれど……その快感を受け入れられるかどうかは、また別問題だ。

雄也は確かに、由那に触れて彼女を気持ちよくさせる覚悟はしていた。

けれど、その逆は、まったく想定外だ。

「ゆ、由那ちゃん⁉　なにを⁉」

今自分たちのしていることは、そもそも、由那が痴漢にされたことを、雄也の愛撫によって上書きする行為だ。だからあくまで相手に触るのは雄也のほうからだけで充分なはずである。

だから、これは明らかにライン越えだ。こんなの、由那にさせるべきではない。

「……わたし、ちょっとね、勉強したの」

けれどそう言う由那の声は、ひどく神妙なものだった。

由那のその雰囲気に呑まれて、いつの間にか、雄也の愛撫の手は止まってしまっている。そのせいだろうか、由那のほうはある程度余裕ができたらしい。

呼吸を整えてから、けれど恥ずかしそうに俯いて、由那は語ってくれた。

「エッチなことって、どういうものだろうって、思って、いろいろ、調べたの」

一方で……そう言葉を紡ぎながら、由那の愛撫が止まることはない。

加減を知らないからということもあるのだろうが、ひどく控えめな優しい手つきで、雄也のテントの先端部分をゆったりと撫でてくる。

「でね、わかったの。エッチなことって、男の人に任せっきりじゃダメだって。女の子のほうも、ちゃんと男の人を気持ちよくすることが、エッチのとき、大切なことなんだって」

いったい彼女は、どこからそんな情報を手に入れたのだろう。

確かに由那の言うことは間違っていない。

少なくても「健全な性関係を持つこととはどういうことか」を問うのであれば、雄也は由那の台詞を否定するに相応しい理屈を見つけることができない。

けれど、それはそれ、これはこれ、だ。

理屈として正しい性行為であるかどうかということと、それを今実践していいかどうかは、別問題だ。

小学生の女の子が、雄也を気持ちよくするために、雄也の股間を触っている。その状況が、正しいものであるはずがない。

「あれ、もしかして……わたしの調べたこと、間違ってた？」

本当にこの子は、聡明な女の子なのだ。

自分の力で調べたからって、その情報が真実だと思いこむようなことをしない。

小学生だったら、はじめに教わった内容を絶対の真実と疑うことなく信じこむ子だって多いだろうに、由那はそんなことをしない。彼女は、この年にして自分を取り巻く様々な情報との向き合い方を心得ているのだ。

「……いいや。その理屈自体は、間違っては、いないかな」

「そっか。そっかぁ。よかったぁ」

少し不安そうだった表情が、ほっと安心したようなはにかみ顔になる。

思わず見とれてしまいそうな愛らしさだが、しかし雄也としてはその美少女っぷりを、この状況で心ゆくまで堪能することなどできるはずもない
「だから、お兄さんも、脱いでほしい」

「ぬ……えっ!?」

思わず聞き返してしまう。

けれど由那は、雄也がなぜ驚いたのかをまったく理解できていない様子だ。

「え、でもだって、エッチに触り合うんだったら……わたしだけ脱いでるの、おかしいでしょ？」

いや、確かにそれはそのとおりなのだが。

けれど、だからといって、ほいほいと納得して服を脱ぐわけにもいかない。

しかしどう言ったものかと口を噤んでいると、由那は雄也に考える隙を与えまいとするように、たたみかけてきた。

「チカンされたとき、わたし、本当にイヤで気持ち悪かった。だから、お兄さんに、嫌いじゃない人に触られたときに、自分がどんなふうに思うのか知りたかった。正しいエッチをしたらどうなるかって」

けど、と由那は続けた。

「前に海でお兄さんにされたのは、ちゃんとした本当のエッチじゃなかったってことでしょ？　わたし正しいエッチはどんな気分かを知りたいの。ね。教えてよ、本当のエッチ。男の人と女の人が気持ちよくなり合うのがどんなのか、知りたい」

「……………」

じっと由那が雄也を見つめてくる。

雄也を見あげる瞳は、エッチなお願いをしているとは思えないほどまっすぐだ。

これは、はたしてどうすべきだろうか。

正解が見えない。

これまでだってさんざん不道徳なことをしているのだ。ここまで来れば由那の望みどおりにしてあげてもいいような気もする。でも一方で、このうえさらに由那に雄也の欲望を突きつけるのは、さすがにやりすぎなのではないかという気もする。

「……むう」

悩んでいると、由那が妙にふて腐れたようなうなり声をあげた。

どうやら表情から雄也の思いを見すかしてきたらしい。今そういうことするような時間じゃないでしょ、と言わんばかりに、由那は股間を触る指先に力をこめてきた。

「いいもん。お兄さんにその気がなくても、勝手にしちゃうもん」

「ちょ……っ、待った、待った!?」

こざかしい理屈をこねくりまわせたのも、もはやそれまでだった。

由那の指先の動きは決して巧みなものではない。

けれどそうであっても、ズボン越しでも勃起の先端、亀頭部分への集中攻撃はさすがにまずい。そこは、もともと自慰行為でも自分で触れたりすることはほとんどない、とても敏感な場所なのだ。

「わかった、わかったから！」

だから結局……雄也が由那の言葉に従ったのは、もっともっとくだらない理屈によるものだ。

これ以上触られたら、ズボンをはいたままで射精まで持っていかれてしまう。由那の前でお漏らししたみたいになってしまうのは、雄也としてもさすがに嫌だった。

「脱ぐから、ちょっと待ってよ」

「……ホントに？」

「ホントに、ホントにだってば」

宥《なだ》めるように言うと、由那は案外素直に身体を離してくれた。

小さくため息をついて、雄也は自分のズボンを脱ぐ。

ベルトをはずし、ズボンを下ろし、そこで少し躊躇したが、ええいままよと下着も一気に脱ぎ捨てる。痛いほど勃起しているためにちょっと手間取ってしまったが……ともあれこれで、雄也は申し開きのできない姿を、由那にさらすことになった。

「……わ」

熱っぽい視線を感じる。幼い少女の口から漏れるのは、ただただ純粋に感動したようなため息だった。

「……怖くない？　気持ち悪いとか」

「え？　べつに」

いったいなんの話と言わんばかりに、不思議そうに由那が首をかしげてくる。

（……ああ……俺は）

そんな由那の反応に、今になって雄也は、自分自身の気持ちに気づく。

ちょっと、ほっとしてしまったのだ。要するにいろいろとそれっぽい理屈をこねくりまわしていたが、由那に勃起を見せるのを嫌だったのは、もしかしたらたんに、由那に気持ち悪がられるのが嫌だったからなのかもしれない。

「おち×ちんって……こんななんだ」

「いつもは、もっと小さくてふにゃふにゃなんだけどね。エッチな気持ちになると、こうなっちゃうんだよ」

「……あ、そっか」

もはや開き直った雄也の解説に、由那はなにやら得心したように頷く。

「そうだよね。ふにゃふにゃだと、女の人のおまたに入んないもんね」

いったいこの子は、どこまでセックスについて知っているのだろうかと思う。

小学五年生であれば、多少なりとも学校で性教育は受けているだろうし、なにより
さっき「勉強した」みたいなことを言っていた。

そもそも最初に、痴漢で受けたトラウマを癒してほしいと言ってきた際、「エッチ
って恋人とかがする幸せでうれしいものでしょ」などといったことも口にしていたよ
うな気がする。

性についてなにも知らない、無知な少女ではないのだ。

「さわってみて……いい？」

「……どうぞ」

おずおずとした今さらの申し出に、もはや雄也は拒否権を持ち合わせていない。

すべて観念して了承すると、彼女はおっかなびっくりに、改めて雄也の先端に指先
を添えてきた。

「うぁ……っ」

興奮で熱を宿らせた細い指先が触れてきて、思わずびくっとしてしまった。

「え、あれ、痛かった……？」

とたんにひゅっと、由那は怯えるように手を引っこめてしまう。

しかし、そういうことではない。たまたま由那の触れた先が、厄介だっただけだ。最大限まで勃起した亀頭へのじかの刺激は、さすがに強すぎる。

「い、いや……そこ、ちょっと敏感すぎるから。びっくりしちゃったんだ」

「そ、そうなんだ……えっと、じゃあ、どうすればいいの。どうすれば、お兄さんを気持ちよくできるの？」

そんな大胆な台詞が言えるのは、彼女がやはり根っこの部分で、無垢《むく》であるためだろう。表面的なことは知っていても、セックスにともなう感情がどういうものか、深いところでは理解が及んでいないのだ。

「とりあえず……先っぽはやめてほしいな。棒を持つみたいにつかんで、ゆっくりしごく動きをする感じで」

言葉を選んで、できるだけ過激な表現を使わないようにお願いする雄也だったが、一方で由那のほうは、今ひとつその言葉がピンときていない様子だった。

「しごく……って、なに？」

たんに国語の問題だったらしい。確かに小学生では「しごく」という言葉は、あまりなじみのないものなのかもしれない。

「あー、ええと……こうして握って、上下に動かす感じ」

軽く拳を握り、上下にふる動きを実際に見せてやる。

それだけの行為だが、小学生に手コキのやり方を教えているという事実に、なんだかとてつもない背徳感を覚える。

「……これで、いい？」

けれど由那は、それをそのまま実践するのはやや難しかったようだ。

互いに向かい合った状態で立ったままだと、順手で勃起をちゃんと持つのは体勢的に無理がある。なので少し考えたあと、由那は逆手に……つまり親指がわが雄也の腰に当たるかたちで、勃起を握りこんできた。

「うん、いいよ。それで大丈夫……やりにくいだろうから、ゆっくりでいいから……手を動かしてみて」

「ん……わかった」

先ほど雄也が痛がるような反応をしたせいだろう、由那がしてくれたしごく動きは、ゆっくりりと慎重なものだった。

（うあ……）

けれどそんなささやかな刺激でも、それがすさまじく気持ちいい。

刺激自体は、本当にたいしたものではない。握る強さも、しごく速さも、雄也自身でする自慰の五分の一ほどの弱さしかない。

けれど、むしろ、だからこそ、いとけない小学生がしてくれる、拙い手コキだからこその興奮がある。

性急に射精まで高めてしまう自慰では絶対に味わえない、じわじわと這うように高まってくる快楽に、雄也はうっとりしてしまった。

激しい、大きい快楽だけが正義ではないのだ。

「お兄さん……どう？」

「気持ちいいよ」

正直に答えると、パッと花開くように、由那は笑顔になってくれた。

「そっか。えへへ……そっかぁ」

ふにゃふにゃとした笑みで、まるで雄也の言葉を噛《か》みしめているよう。

なんでこの子はこう、要所要所で反則みたいな可愛さを発揮してくるのだろう。

愛らしく思うと同時に、毎回毎回やられっぱなしで、悔しくもなってしまう。

だから雄也は、せめてもの仕返しに、由那にふたたび優しく触れるのである。

「ん、ぁ。あ……っ」

ふたたび指先に感じる湿り気は、先ほどよりずっと熱かった。

愛撫を一時停止していたはずなのに、もう絶頂寸前になっているように、愛液は熱く、粘度は高く、陰唇やクリトリスのひくつきは激しくなっている。

「はう、あう、う、ん、おにい、さん、おにいっ、さん……」

甘い吐息を吐きながら、由那はひたむきに雄也の顔を見つめてくる。

愛らしい視線に囚われ、もう雄也は視線を逸らすこともできなくなってしまった。

見つめ合いながら、由那は雄也の勃起をゆるくしごき、雄也は由那の陰核を指の腹で撫で擦る。

「はう、ん、う、うっ、あんっ、んんっ、んぁっ」

くちゅくちゅと甘く響く水音。甘えん坊な、甘ったるい喘ぎ声。

ふたつのBGMに脳を溶かされながら、互いに快楽を高めながら、ふたりはじっと見つめ合う。

「はう、う、んんっ、ぁ、んっ。やぅ、うっ、んんんっ」

股ぐらを熱くさせ、よがりながら、それでも由那はまっすぐ見あげてくる。

胸の奥がきゅっとなった。

小学五年生の喘ぎ顔が、そばにある。

雄也の手で気持ちよくさせている幼女のエロ顔が、雄也を見つめてきている。

その表情は、よくわからない。

うれしがっているのか。快楽にとまどっているのか。

ただただ、自分で処理できない大きな快感に翻弄されつつ、それでも必死に、雄也の表情を、雄也が気持ちよくなっている顔を、一瞬たりとも見逃さないように、脳裏に焼きつけようとしているように、ひたむきに雄也を見つめてきている。

たぶん、雄也も同じような顔をしているのだろう。

愛おしくてたまらない。

どうにかなりそうでたまらない。

この可愛くて、儚《はかな》くて、愛おしい少女を、どうにかしたくてたまらない。

そんな気持ちにさせてくれるこの愛らしいエロ顔を、見逃していいはずがない。

「う、あ、あっ、あっ、あっ……あ、あれ、あ、あっ、あれぇっ？」

そして……しかし、そんな至福の時間も、いつかは終わりを迎える。

高まっていく快楽のなか、由那の声が、どんどん余裕をなくしていく。

「なに、なに？　なんか、あっ、あっ、へんなの、くる、くるっ、なにこれっ!?」

とまどって、怖がって、わけがわからなくて、由那は身もだえしている。

けれどそれがなんなのか……大人の雄也にとっては、一目瞭然だった。

「………」

魔が差した。

無言で雄也は、クリトリスを弄《いじ》っていた指先を離し……そして、親指と人さし指で、きゅ、と、ゆるく、そのふくれあがった淫らなつぼみを、つまんだのである。

「……ひ、ぁ……っ」

快楽の熱がたまり、意識もドロドロに溶かされた彼女に、その刺激を受け止めるキャパシティなんて、もう残っているはずがない。

「だめ、だめっ、だめっ、だめっ」

わけのわからないなにかの予感に、由那は身もだえている。

雄也はその悲鳴に耳を貸さず、つまんだ指先を動かし、愛らしい、愛液まみれの陰核をころころと弄ぶ。

「あう、あっ、あっ、んんぁ、や、やんっ、あう、あうっ、あうっ」

それに抗うことなんてできるはずもなく……大きくふくれあがった由那の熱が、今、小さな身体の中で、弾《はじ》けた。

「……あ、んんんっ、うっ、あうっ、んんんん……っ。はぁ、あううっ」

なにかに耐えるような、うめき声。

きゅっと目を閉じ、いきむ小さな身体。

びくりびくりと全身が大きく痙攣し、きゅっと太股が締めつけられて、股ぐらを弄っていた雄也の手のひらを挟みこんでくる。

（あぁ……）

とうとう、ここまで、来てしまった。

今、由那はイッたのだ。

生まれてはじめて味わった性的絶頂に、身もだえしているのだ。

小学五年生の少女の見せるイキ顔に、雄也はただただ、見とれるしかなかった。

第三章　とまどう心と淫らな身体

1

　今日は取りたててなにも起らず、由那は平和な一日を過ごすことができた。

　ほかの子はどうだか知らないが、由那にとって放課後はかなり「ヒマ」な時間だ。中学生や高校生なら、帰りしなにどこか友達と連れ立って遊びに行ったりもするのだろうが、月々のお小遣いもたいした額をもらっていない小学生では、そんな遊びをすることともない。近くの公園や学校の校庭で遊ぶくらいがせいぜいだ。

　なので由那は、ホームルームが終われば、特に友達と校庭で遊ぶような予定がない限りは家に直帰するのが、だいたいいつものパターンである。

「……はふ」

仲のいい友達と連れだって駅へと向かい、電車に乗ったところで、ふと由那はため息を漏らした。

けれど同時に、そんな自分に違和感を覚え、由那はひとり、しきりに首をかしげる。

（わたし……どうしちゃったんだろ？）

体調だって悪くない。

今日は痴漢に遭わなかったし、いつも朝に雄也としているおしゃべりも楽しくできた。本当になんら悪いことのない、平和ないい一日だった。

なのにどういうわけか、胸の奥のほうに変な感覚がある。

もやもやして、ふわふわして、けれど決して不快なわけではなく、なんだかちょっとくすぐったくて、心地いい。

ただ、それがいったいなんなのかがわからなくて、なんとかく居心地が悪い。

そんなないかが、ここのところ、ずっと由那の胸にわだかまっているのだ。

今日だけではない。ここ数日、ずっと由那はそんな感じだった。

「……どしたの、ゆなっち？」

隣に立っていた同級生の赤島《あかしま》真澄《ますみ》が、ちょっと不思議そうに声をかけてきた。

ショートヘアで日焼けした肌が眩《まぶ》しい、元気いっぱいの女の子である。

見た目のとおり、由那とは正反対の活発的な性格なのだが、なんとなく馬が合い、気づけばいつもいっしょにいる。入学して以来、いちばんの親友と言ってもいい。

「なんか火曜くらいから、ぼーっとしてない？　びょーきしてる？」

いかにもスポーツ少女という感じの真澄だが、これでけっこう、彼女は気配り上手で観察眼がある。どうやら彼女も、由那のここ数日の異変に気づいていたらしかった。

「……そうかなぁ。いつもどおりと思うけど」

けれど由那としても、その感覚がなんなのか自分でよくわかっていない以上、そんな曖昧な返事をするしかない。

もちろんそんな煮えきらない反応に、真澄が納得するわけもない。彼女は由那をじっと見ながら、「ふーん」とちょっと面白くなさそうに鼻を鳴らした。

「なにかあったら、あたしにもなにか言ってよ」

「ん、ありがと」

なんだかんだで、この気のいい友人は心配してくれているのだろう。

けれど一方で、特に深刻な問題でもないと判断したらしい。ぱっと明るい笑顔に切りかえ、真澄は「またねー」と元気よく手をふりながら、自分の駅で降りていった。

由那も真澄に「バイバイ」と手を振り見送って……そしてひとりになったあと、改めて彼女はため息を漏らした。

「んー……」

真澄の見立てどおり、べつに取りたてて大きな問題があるわけではない。

けれどひとりになると、心の中のもやもやがひときわ大きくなって、居心地の悪さがぶり返してしまう。

（なんだろ……これ。お兄さんとエッチしてから、なんかずっとこんなんだ……）

ここ数日のことを思い出してみると、このもやもやを感じるようになったのは、前回雄也の家《うち》にお邪魔した、その翌日からだったように思う。

エッチなことをしたあと、家に着いて寝るまでの時間は特になんの問題もなかったはずなのだが……ひょっとしたらあの日に彼とした行為が、このもやもやとなにか関係しているのだろうか。

（……すごかったなぁ）

先日の彼との行為を思い出して、それだけで由那の顔はちょっと熱くなってしまう。

雄也とのひとときは、由那にとって衝撃そのものだった。

海の家での一件も凄かったが、先日彼の家でしたのはもうその比ではない。

（わたし……よく考えたら、すっごいことしてるよね……）

今さらながら、改めてそんなことを思う由那である。

なにせパンツまで大人の人の前で脱いでしまって、股間をじかに弄られたのだ。思い出しただけでそのときの恥ずかしさを思い出して、いたたまれなくなってしまう。

連鎖的に、ちょっと恥ずかしい思い出が蘇《よみがえ》る。もっともっと由那が小さかった頃、幼稚園に入るよりもずっと前の頃のことだ。当時由那は、おむつはもう取れてトイレで座って用を足すことはできるようになっていたが、お尻を拭くのはうまくなくて、トイレに行くたびに母親にお尻を拭いてもらっていた時期があった気がする。

今となっては幼児時代のちょっと恥ずかしい記憶でしかないのだが、なんとなく先日雄也にしてもらったことが、その記憶と重なってしまって「わたし、もう十一歳なのに、三歳くらいのときと同じように、大人にお尻を触られたんだ」みたいな、変な方向性での羞恥を感じてしまうのだった。

（うう……）

けれど一方で……そうして雄也によってもたらされた感覚は、間違いなく「幸せでうれしいもの」と断言できるものだった。

ふわふわして、無性にドキドキして、くすぐったくて、そわそわする、変な感覚。

けれど……雄也は「それは、エッチのときの気持ちいいだよ」と教えてくれたけれど、由那の中ではじつはいまだに、今ひとつそのときの感覚と「気持ちいい」がイコールで結びついていない。

お風呂に入ったときの気持ちよさとか、あるいは体育のときにチーム戦で勝ったときの気持ちよさとは、まったく違うように感じる。むしろ、おしっこを我慢しているときのそわそわした感覚に、なんとなく近いような印象がある。

むしろ、それをはたして「気持ちいい」という気持ちで表現していいのかというとまどいのほうが、由那の中で強いくらいだった。

さらにもっと理解できないのが、雄也に「これはイクってやつだよ」と説明された、先日の行為の、最後の瞬間の感覚だ。

端的に言えば、怖かった。

少なくてもその瞬間に限って言えば、居心地のよさなんて皆無だった。

そのまま続けてしまえば、大きすぎるわけのわからない感覚に押し流されて、意識がなくなってしまうのではないかという、漠然とした怖い予感。しかもその予感は、彼が「絶頂」だというその瞬間が近づくにつれて、どんどん大きくなっていくのだ。

まるでそれは、ギロチンの刃がどんどん自分の首に迫ってくるのをスローモーションで眺めるような、そんな気持ちだった。

(……でも)

けれど、でも、それでも不思議なことに、悪い気分ではなかったような気がする。癖になる怖さとでも言うのか、また同じような感覚を味わってみたい、という気持ちも、由那の中で確かにあるのだ。

まるでジェットコースターみたいだと、そんなことを由那は思った。

怖いのはいやなのに、なんでか乗り終えたあとのスカッとした気分が癖になって、何度もくり返し乗りたくなってしまうという……そんな気持ちに近いような気がした。

(エッチって、乗り物を使わないでするジェットコースターなのかな。だから恋人でするものなのかな。だから嫌いな人にむりやりされても楽しくないのかな)

実際にはどうだか知らないが……そういうふうに自分の中で考えをまとめると、腑《ふ》に落ちる部分がある。してみるとつまり……由那は雄也と、知らぬ間に恋人ごっこというか、デートと同じようなことをしていたということになるかもしれない。

「うう……」

今さらのように、なんだか、どんどん恥ずかしさが募ってくる。

けれど、それもまた、不思議といやな気分ではない恥ずかしさだった。

今まで経験のある恥ずかしさは、とにかくその場から逃げ出したいとか、そんなふうな気分になることばかりだった。テストで変な回答してしまってヘマこいたとか、学芸会で台詞を忘れかけて舞台が凄く変な空気になったとか、由那にとって「恥ずかしい」とは、そういうときに感じるのがほとんどだった。

けれど今、由那が感じている恥ずかしさには、そんな感覚はあまりない。

むしろ、ずっと恥ずかしい気持ちでいたい、みたいなことすら思ってしまう。

ふと思い出す。

たしか雄也は「エッチのとき、恥ずかしがるのはとてもいいこと」と教えてくれた。そのときはまったく意味がわからなかったけれど……今ならなんとなく、それがどういうことなのか、由那にはわかる気がした。

普通ならほかの人に決して見せないような姿を相手に見せて、自分も見せてもらって……そのやりとりの中で、互いにしか知らない秘密を共有したりする、そんなワクワク感とない交ぜになった恥ずかしさ。

雄也と知り合って、彼にエッチなことをしてもらって、はじめて知った感覚だった。

(お兄さんって、なんか……やっぱりすごいな)

雄也とのエッチで、由那は新しい自分を見つけられる。新しい世界を知ることができる。それはやっぱり恥ずかしくて、けれど同時に、とても楽しいことだった。

（……会いたいな）

だから由那は、そう思う。

また雄也に会いたい。

今朝がたいつものように話したばかりだけれど、それだけでは足りない気がする。

もっと会いたい。

長い時間、おしゃべりしたい。

そして……もっと触ってほしい。

おっぱいも、おまたも触って、それで、あのときの不思議な感覚を、また味わわせてほしい。

（それに次は……おち×ちん、もっと触りたいな）

密《ひそ》かにそう強く思う由那であった。

前回も自分の感覚に翻弄されるばかりで、なんだかんだ、雄也のそこには満足に触れていない。それが由那にとって、少し心残りだった。

次こそは自分ばかりでなく、雄也のこともちゃんと気持ちよくしてあげたいと思う。

不思議なものである。ちょっと前までは、おち×ちんといえば、漠然とすごく汚いものだというイメージがあった。なにせそもそもの前提として、その場所は、排泄《はいせつ》のための器官であり、その意味でお尻の穴と完全に同列の場所でしかないのだ。

けれど海の家の一件から、ちょっと性的なことに興味を持って調べてみて、男性器が性交のときにどういうふうな反応をして、どういう機能を担うかを知った。

セックスをする際に、男性器がいちばん重要な役割を担うこと。性的に興奮することで、男性器が勃起し、精子を注ぎこむために、女性のお腹の中に挿しこまれること。

それを知ってしまうと、なんだかちょっと、雄也のおち×ちんに限って言えば、愛おしくも思えてしまうようになった。

だから、そう……由那は、うれしかったのだ。

先日の行為の最中に雄也が勃起していたことが。

自分だけでなく、雄也もエッチな気分になってくれていることが。

(また、お兄さんといっしょに、ドキドキ、したいな)

「……んんっ」

気持ちが募ると、なんだかお腹の奥が、熱くなってきたような気がする。

ふいに自分の身体に新しい感覚が生まれ、由那は小さくうめき声を漏らした。

雄也に裸を見せたときと同じような、そわそわして落ち着かない感覚。

べつだん尿意があるわけでもないのに奇妙な掻痒《そうよう》感が股ぐらにあって、自然ともじもじと太股を擦り合わせてしまう。

（……寂しいな）

股の間に、密かな、しかし逃れられない欲情をわだかまらせながら、由那はせつなくなった。

なんの用事もないのに「またエッチなことがしたい」と言っても、雄也は絶対、拒絶するだろう。それが今の由那にとっては、ひどく理不尽に思えてしまう。

痴漢をされたというきっかけがないと、由那は雄也とエッチなことをする権利もない。雄也がそれを許してくれない。

だから早く大人になりたいな、と思う。

そうすれば、なんの言い訳もなしに、雄也とエッチなことができるだろうから。

（……え？）

そして……あるいはそうしてムラムラしてしまったのが、なにかの呼び水になってしまったのかもしれない。

そっと、唐突に、由那のお尻に、なにかが触れるような感触があった。

（……うそ）

その感触に一瞬で血の気が引いて、今まで火照っていた身体が、急に熱を失う。

もう三回目ともなれば、なにが起こっているかもさすがにすぐわかる。

痴漢である。

青ざめながら、しかし気弱な由那は、声をあげたりして痴漢を排除することができない。いつもそうだが……なにか下手に抵抗してしまったら、もっとひどいことをされるのではないかと、そんな想像が働いてしまう。はじめて痴漢されたときと同じで、その有無を言わせない圧に、由那は身が竦《すく》んで動けなくなってしまった。

(うう……気持ち悪い、気持ち悪い……怖い……)

無遠慮に由那のお尻に這う痴漢の手のひらが、ただただ、ひたすらに気持ち悪い。

雄也みたいに優しいコミュニケーションをすることもなく、由那の気持ちをまったく無視してぶつけられる欲望が、怖くて、不快で、吐き気すら覚える。

(……あ)

……けれど、一方で、ふと、由那は考えてしまった。

(もしかしたら……これで……今日も、お兄さんに会える？　お兄さんに、エッチなこと、してもらえる？)

そう思ってしまった瞬間……由那の身体の奥に、ふたたび火がついた。

「……ぅっ」

感覚が、一瞬にして裏返ってしまう。

気持ち悪いが、気持ちいいになる。嫌なのが、好きになる。

「ぁ、ぅ、んん……っ」

（え、え……なんで、なんで……？）

雄也のやさしい指先とはまったく違う、ごつごつとした硬い指の感触。

耳元に感じる、身勝手に興奮した汚らしい息づかい。

どれもこれもが吐き気を催す感覚でしかない。

なのになんでか、それらのすべてを気持ちいいと感じてしまって……由那はそんな自分に、ひどく狼狽《うろた》えた。

雄也みたいにいつもおしゃべりしてる人じゃないのに、気持ちいい。

いっしょにご飯を食べてくれる人でもないのに、気持ちいい。

由那の気持ちなんかまるで関係なしに、イヤらしく身体を弄ってくるだけの相手なのに、気持ちいい。

わけがわからなくて、意味がわからなくて、由那はただ狼狽えた。

自分で自分がわからなくなって、ひどく心細くて、怖かった。

（あ……ぁ。あ……っ、だめ、だめ……っ）

しかもそんな中で……由那の身体は、さらに由那の気持ちを裏切っていく。

じわりと股間が熱くなって、なにかが湿ったような感触が広がってきたのだ。

二度ばかり同様の経験をしたから、それがいったいなんなのか、さすがに由那も、とっさに自覚ができてしまう。

おしっこを漏らしたのではない。雄也に教えてもらった「エッチな気分になるときに出るおつゆ」が、痴漢されて、おまたの奥から出てきてしまったのだ。

（うそだよ……うそだよぉ……）

悔しくて、気持ち悪くて、なにより自分自身が許せなくて、涙が出てくる。

由那にとって、その愛液は、雄也とのエッチでしか出してはいけないものだった。

痴漢では絶対出ないもの。雄也とのエッチだからこそ出るもの。

そのわかりやすい決定的な差があったから、由那は痴漢で受けたトラウマを克服できたのだ。

「……あれ、濡れてるんだ」

追い打ちをかけるように、由那の耳元で、野太く下品な声が囁いてきた。

「ふふふ……エッチな子だねぇ。まだ小学生なのに」

まるで恋人気分みたいな、気色悪い猫なで声だった。

調子づいた痴漢の無遠慮な指が、お尻だけではなく由那の股まで伸びてくる。

雄也の愛撫で甘美な心地よさを感じたその場所が、無残に汚されていく。

（いや、いや、いや、いや、いやぁ……っ）

だというのに、気持ちいいのだ。気持ちよく感じてしまうのだ。

怖気《おじけ》だつ。気持ち悪すぎて、胃の中が逆流する。

怖くて嫌で、わけがわからなくて……けれど恐怖で足が竦んで、どうしようもない。

（たすけて、たすけて、たすけて……っ。お兄さん、たすけて……っ）

心をぐちゃぐちゃに引き裂いていく快感と嫌悪感の中……由那は心の中で、その場にいるはずもない雄也に助けを求め、縋るしかなかった。

第四章　心乱れて

1

せっぱ詰まった時期は過ぎたといっても、仕事にトラブルはつきものだ。

今日は定時にあがれるはずが、昼すぎに舞いこんできた急な仕事のせいで、雄也は、予定より少し遅く帰ることになってしまった。

「……疲れた」

自宅へ向かう電車に揺られながら、雄也は何度目かわからないため息をつく。

残業したといっても、一時間そこそこだ。時間としてはまったくたいしたものではないし、繁忙期になれば毎日もっと遅くまで働くこともザラにある。

けれど予定にないトラブル対応はなにかと気疲れするものだ。まだまだ余裕がある時間帯に帰宅できるはずなのに、今日は家に帰ってもなにかするような気分になれそうになかった。

（……由那ちゃん、どうしてるかなぁ）

憂鬱に窓の外を眺めながら、雄也はふとそんなことを思う。

今朝がたも、いつものようにおしゃべりをして元気をもらったばかりだが、できれば今すぐにでももう一度会いたい。

そしてまた、あのしとやかな笑顔で癒されたい。

「あー……」

ごく自然にそんな考えをしている自分に気がついて、雄也は苦笑した。

どうにもここ数日、雄也はことあるごとに由那のことを考えてしまっている。

理由はまあ、考えるまでもないだろう。

先日の、雄也の家での由那との逢瀬《おうせ》がなによりのきっかけだ。

あの日以来、雄也の中で、由那の存在がどんどん大きくなっている。

いっしょに食事をしたときの、どこかほっとした表情も、毎朝おしゃべりするときの子供らしい屈託のない笑顔も、どれもこれもが目に焼きついて離れない。

要するに肌を重ねたことで、雄也は由那に対し、情が一気に移ってしまったのだろう。自分の単純さに呆《あき》れる雄也だが、しかし一方で彼がそんなふうに由那に籠絡《ろうらく》されたのは、雄也と同様に彼女のほうでも、めざましい変化があったからでもある。

毎朝の電車内で話すときの仕草も、そしてなにより話す内容も、これまでよりずっと慣れなれしい感じになってきているのだ。それがまた以前にも増して愛らしくて、そんな表情を見せてくれるだけで雄也のほうまで自然と顔がほころんでしまうほどに。

（ヤバいなぁ、これ。変態か）

どう考えてもこれは、いい年こいたサラリーマンが小学生の女の子に依存しているという構図だ。客観的に見れば変質者以外のなにものでもない。下手をすれば、たんなる幼児性愛者よりもよほど救いようがない状態と言えるかもしれない。

なにより厄介なのが、それが決して悪い気分ではないということだ。

きっかけそのものは確かに不純だったし、海の家や先日の雄也の家でやった行為は、少なくても褒められるようなものではまったくない。

けれどそれでも、その結果として、由那と今のような関係になれたことには、心の奥のほうで歓迎している自分がいることを、雄也は自覚していた。

（まぁ……またエロいことしたい、とは言い出せないのが、まだ救いだよな）

例えば仮に、痴漢とかそんなことを関係なしに、由那が性的な行為を迫ってきたとしても、雄也は絶対にそれを受け入れることはなかった。

そしてそのスタンスは、じつは最初から今まで変わっていない。

その一歩を踏み出さないことによって、最後の一線で、自分たちは健全さを守っていられていると、雄也はそう考えていた。

そう。雄也としては、今後いっさい、彼女と性的な行為ができなくてもいいのだ。

むしろそのほうがいいと思っている。普通におしゃべりをして元気を分け合うだけの関係でいられれば、それが裕也にとっても由那にとっても、最善のかたちのはずだ。

(でも……これぱっかりは、あとは運任せなのが、ちょっと歯がゆいけれど)

このままなにも起きずに平穏に日々を過ごせるかは、今後、由那が次なる行為を求めてこないかどうかにかかっている。

もちろん由那はまじめな子だ。なにもなしに行為を求めてくるようなことはない。

もしそんなことがあるとすれば……今まで以上にひどい経験をしたときだろう。

だからその意味でも、できれば今のまま、今後はなにも起こらずに平穏に日々を過ごしていければいいと、雄也はそう願わずにはいられなかった。

……けれど、運命というものは、本当に残酷にできている。

駅に着き、なにをするでもなくまっすぐ家に向かって……そしていつもどおりに玄関前まで来たところで目の当たりにした思いも寄らぬ光景に、雄也は立ちつくした。

「……え」

「あ、お兄さん」

そこに、由那がいたのだ。

雄也の家のドアを背にしゃがみこんで……ひどく途方に暮れた様子で、由那は彼を見あげてきている。

「え、どうしたの」

尋ねても、返事はない。

その場にしゃがみこんだまま俯いて、じっと黙りこんでいる。背中をまるめて縮こまったその身体は、いつもよりもずっと小さく、儚く、頼りなく見えた。

様子からして、なにかあったのはまず間違いないだろうが……けれどしばらく待ってみても、由那は黙りこんで、なにがあったか事情を口にする様子がない。

これは、どうするべきなのだろう。

突如重くなった空気のなか、しばし迷って……雄也はため息をひとつついた。

事情はどうあれ、こんな状況で、この場に由那を放っておくわけにもいかない。

「とりあえず……中に入って」

だからそう言って、とにもかくにも、雄也は由那を家に招き入れることにした。

もう日は落ちてずいぶんな時間が経っている。茜色《あかねいろ》に染まっていた夕空はとっくに暗くなり、雄也の部屋の中は真っ暗だ。

だからまずは明かりをつけて、飲み物の準備である。着がえも今日はあとまわしだ。

今、塞ぎこんでいる由那をひとりで置いておくのは、いくらなんでもはばかれる。

飲み物は……少し考えて、買い置きしてあったココアにした。なんとなく温かいほうがいいだろうという判断だ。

「はい、飲み物……ちょっと熱いかもしれないけれど」

自分のぶんをべつに用意するのも手間がかかるので、ふたりぶんのココアを、別々のカップに用意して手渡す。

「……ありがと」

カップ受け取りながらようやく口にしてくれたその言葉も、ひどくか細い。

（……由那ちゃん、泣いてる？）

今まで暗がりの中で気がつかなかったが、見れば由那の目元が、赤く腫れている。

そればかりか、カップをつかんだ指先や肩も、小さく震えつづけていた。

内心、かなり動揺した。

こんな由那を見るのは、はじめてだ。

一回目の痴漢のときも、二回目の痴漢のときも、由那はここまで落ちこんではいなかったというのに。

（……どうする、これ……）

頼りないその姿は、下手に触れれば崩れ落ちそうなくらいに弱々しく見える。

これは、雄也から積極的に問いかけないほうがいいだろう。

大人が無理に事情を聞くような構図にしてしまえば、少なからず由那にとって負担になってしまうだろうから。

「………」

重苦しい沈黙。

まだ空調を入れるような季節でもないため、家の中からには物音を立てるようなものはほとんどない。そのせいか窓の外から、近くを走る幹線道路の音がやけにはっきり聞こえてくる。

やがて……どれほどの時間が経《た》っただろうか。

「あの……あの、ね？」

由那は、ゆっくりゆっくりとココアを半分ほど飲み……残りが完全に冷えきった頃になってようやく、おずおず口を開いた。

「今日……帰りに、また、チカン、されたの」

わかっている。

そこまでは、状況からして予測できていたことだった。

けれど、ならば、由那はなんでここまでせっぱ詰まっているのか。

しかしそこを、由那が口にすることはない。

かわりにひどく思いつめた表情で……あろうことか彼女はいきなり立ちあがり、自分の服を脱ぎはじめた。

「ちょ、ちょっと、由那ちゃん!?」

思わず雄也は声をあげるが、しかし止める隙もあればこそ。ひどく余裕のない手つきで彼女はあっさり服を脱ぎ捨て、一糸まとわぬ全裸になってしまった。

とっさに、そばに脱ぎ捨てていた自分のジャケットをつかみ、由那の裸体にかけてあげようと動こうとした雄也だったが……しかし次の行動に移るのも、彼女のほうがはるかに早かった。

「……うう、うっ」

今にも泣き出しそうな声を押し殺しながら、由那が抱きついてきたのだ。

「……由那ちゃん？」

とっさにかわすようなことはできず、雄也は由那を抱き留めるかたちとなってしまう。弱りきった彼女を突っぱねるようなことはできるはずもなく、雄也は少し悩んだすえ……由那の頭をあやすように撫でることにした。

手に触れる由那の体温が、ひどく冷たい。

先日触れた子供特有の温かさはほとんどなく、雨に打たれたあとのように芯から冷えて、身体を小さく震わせている。

由那は雄也の胸に顔を埋《うず》めているため、彼女がどんな表情をしているかはまったくわからない。

だから雄也は……由那がどんな気持ちで続く台詞を吐いたのか、まったくわからなかった。

「エッチ、最後までしてほしい」

「……え」

なにを言っているか、全然わからない。

いや、意味はもちろんわかっている。

彼女が言わんとしている「最後」が、性行為のどういう段階のことを指しているかも……当然わかっているつもりだ。基本的にまじめで勉強熱心な由那が、そのあたりの知識を調べていないとはとうてい思えない。

でも、だからこそ、彼女がなにを思ってそんなことを口走ったか、それがまったく理解できない。

「今日ね、チカンされたとき……気持ちよかったの」

とまどうばかりの雄也に、由那は彼に抱きつきながら、ぼそりとそう呟いた。

「いつもなら、全然そんなことないの。こわいし、イヤだし、きもち悪いだけだった。なのに……今日は、なんでかわからないけど、きもちよかったの。それが……悔しくて、わけわかんなくて……とにかく嫌なの」

そこまで言って、由那は顔をあげる。

雄也を見あげるその表情は、本当に絶望的なまでに青ざめて、真っ赤に腫れた目元はさらに潤んで、今にも涙がこぼれ落ちそうになっていた。

「だからね、お願い、お兄さん。チカンじゃぜったいできないこと、わたしにしてほしいの。お兄さんしかできない方法で、わたしのこと、チカンがするより、もっとすごいこと、してほしいの」

（……ああ）

なるほどそういうことかと、雄也はようやく、ことの次第を理解した。

今まで雄也が由那にエッチなことをすることで、彼女が痴漢されたトラウマから立ち直れていたのは、雄也との行為が気持ちよかったからだ。

痴漢されてもそれは気持ち悪いだけ。でも雄也に触られれば、とても幸せで気持ちいいことを、由那は知っている。

痴漢をされる嫌悪感をうわまわる、幸せで気持ちいい性行為の記憶によって、彼女はなんとか「痴漢されるときの嫌な気分」を無視することができていたのだ。

自分はもっといいことをされているのだから、正しいエッチを知っているのだから……だから、痴漢されるのなんて、へっちゃらだと。

けれど……そう思いこむことでなんとかふんばれていたというのに、もし痴漢される、雄也にされるのと同様な気持ちよさを味わってしまったら、はたしてどうなるか。

痴漢されるのは気持ち悪いものだというのが大前提であったはずなのに、由那の身体の感覚が、由那の気持ちを裏切ってしまったのだ。

痴漢されるのだって、雄也に触られるのとたいして変わらない行為なのだ、と。

つらいだろうに決まっている。混乱するに決まっている。

「……だめ、だよ」

けれど、それでも……懊悩のすえに雄也が絞り出した結論は、拒絶だった。

「なんで……？」

当然、それは、由那に追い討ちをかけることにしかならない。

世界中のすべてに裏切られたかのように顔を青ざめさせている。

「今までだって、エッチなこと、してたのに？」

「それでも……だよ」

震える肩をつかむ。

ゆっくりとその小さな身体を引き離し……そして雄也は、とうとう涙を流しはじめた由那にしっかりと視線を合わせ、できるだけこの繊細な少女を傷つけないよう、優しい声音で言うのだった。

「由那ちゃんのことだから……最後の一線を越えるってことが、どういうことかはちゃんとわかってるだろ？」

「う、うん……恋人とか、夫婦がすることでしょ？」

「そう。だからそれは、とっても特別で、神聖なものなんだよ。人生で最初のエッチだったら、なおさらだ」

由那が小さく頷く。子供なりに、そのあたりの知識は漠然と持っているのだろう。

「だから……俺はね、せっかくの、由那ちゃんにとってのはじめてを、今、こんなことをきっかけにやってしまうのは……違うと思う」

もちろん先に由那が突っこみを入れてきたように、もう由那とは二度にわたって性的なふれあいをしている。特に二度目に関しては、雄也は彼女に、人生ではじめての絶頂を味わわせてしまった。

そこまでしてしまっているのだから、今さらここで最後の一歩を踏みとどまろうとしているのはおかしいと……そういう考え方も、確かにあるだろう。

けれどそれでも、越えるべきではない一線はあるものだと、雄也はそう思うのだ。

「由那ちゃんには、もっとちゃんと……なんて言うか、百点満点の素敵な初体験をしてほしいんだ。痴漢されたからなんて理由で変に急いだりせずに、好き合った人と、自分たちの気持ちだけで決めたタイミングでやってほしいんだよ」

いろいろとやむにやまれぬ事情があって、彼女は雄也と、本来年齢的にするべきでない性的な経験をしてしまった。

だからこそ、せめてセックスだけは……初体験だけは、ごく普通の、平凡で、けれどだからこそ幸せな経験をしてほしいと雄也は思うのだ。

「……でも」

けれど結局、そんな雄也の言葉は、由那をさらに悩ませることになる。

たんに意地悪で拒絶をしたわけではなく、雄也なりに由那のことを大切に思っての発言だと気づいたのだろう。

だが、それですべての問題が解決したわけでは、まったくない。

「でも……でもぉ」

ひどく弱々しく雄也の服をつかみ、身体を震わせる由那。

冷たいその小さな肩を抱きしめながら、雄也も懊悩に天を仰いだ。

わかっている。

雄也の台詞は、今まさに苦しんでいる由那の気持ちを無視した言葉だ。

結局のところ、雄也の拒絶は、由那のことを大切にしたいと言いつつも、半分は雄也のエゴでしかない。雄也の「由那には清く正しい女の子でいてほしい」という願望を、彼女に押しつけているだけなのだ。

目の前で、今まさにつらい思いをしている本人の気持ちを無視して、キミのことを大切にしたい……などとよくもそんなことを言えるものだ。

「……だから、こういうのはどうかな」

どうすれば正解かなんてわからない。

たぶん、これから雄也が選ぶのも、決して最良のものではないのだろう。彼女の気持ちを無視なんてできない。けれど最後までは絶対できない。

板挟みに喘ぐなかで雄也が選択したのは、本当にギリギリの譲歩案だった。

「わかった……じゃあ、素股にしよう」

「すまた？」

「さっき言ったみたいに、最後まで……セックスは絶対しない。けど、セックスに似たような感じの、痴漢には絶対できない、ふたりでいっしょでしかできないエッチなことだよ。それじゃだめかな？」

その台詞自体も、おそらくかなり残酷なもののはずだ。

雄也の都合でしかない譲歩案を、由那に判断を委ねるようなもの言いで押しつけている。実際には彼女に選択の余地などないというのに。

「……ん。わかった」

わけもわからず、それでも頷く由那を見ながら、雄也は強く思う。

だからせめて、これからする行為には、後悔が残らないようにしよう。

やってよかったと、由那がそう思えるような行為にしよう。

2

そうと決まれば、とっとと始めてしまったほうがいい。

固めた決心が後悔に追いつかれる前に、雄也は手早く自分の衣服を脱ぎ捨てた。

なにより、前回までの行為では、服を脱がせるまでだいぶ時間をかけたが、今回は由那がひと足先に全裸になっている。この段階で下手に時間を使う必要はない。

「……わ」

シャツを脱ぎ、ズボンをひっぺがし、トランクスまで一気にはぎ取って雄也が全裸になると、由那がなにやら狼狽えたような様子を見せた。

「どうしたの？」

「あ……えっと、その……パパ以外の男の人のハダカ見るの、はじめてだから」

「ああ……なるほど」

どうやらそれで、ちょっとドキドキしてしまったらしい。

「そういえば……前も俺は裸じゃなかったもんな」

よくよく考えれば、同じことが由那にも言えることを、雄也は遅れて気がついた。

前回の行為では、由那も雄也も、下半身は全部露出してしまっていたが、上に関しては裸になってはいなかった。雄也はシャツを着たままだったし、由那も同様に上はキャミソール一枚を残した状態で、かろうじて全裸にはなっていなかった。

もう三回目の性行為だというのに、ふたりは今回になってはじめて、生まれたままの姿を互いにさらしたのだ。

そう思うと、まだなにもしていないのに、妙に気恥ずかしくもなる。

「……なんか、変な気分」

「そうだな」

照れる由那に同調する一方で……雄也は罪悪感も忘れて、彼女のその裸体に釘づけになっていた。

ひとことで言うなら、由那の身体は、完璧だった。

もちろん年相応に胸や腰まわりはこぶりで慎ましいものだ。

けれど、それを表現するのに「未成熟」という言葉はまったく相応しくない。

未完成な身体としてどこかしらにはあるはずのアンバランスさはどこにもなく、均整が取れていて……まるで今のこの姿こそが完成形だと言わんばかりのプロポーションに、感動せずにはいられない。

ただ一方でその肌に、いつもの血色のよさがないのを、見咎《みとが》めずにはいられない。

まだ興奮よりも痴漢されたショックがうわまわっているのだろう。

だからまず雄也がすべきは……由那の硬く冷えた心身をほぐすことだ。

「由那ちゃん」

「え……わっ？」

いきなりのことで驚いた声をあげる由那を無視して、雄也は、今度は彼のほうから、優しく彼女の小さな身体を抱きしめた。

（……つめたいな）

実際に肌を密着させると、改めて由那の身体が冷えきっているのを実感する。

それだけでなく、先日に比べて身体全体が妙に硬くなっているのも気になった。

その感触だけでも、由那が無理をしているのがとてもよくわかる。性的に興奮しているなら、もっと女の子の身体はふわふわしているものだ。

だからだろうか、はじめて由那と裸同士で抱き合っているのに、雄也は高揚感をまったく感じなかった。

ただただかわいそうだという思いが強くて、意識が性欲のほうに向かっていかない。

「大丈夫だよ。優しくする」

「……ん」

だから、慌ててはだめだ。優しく声をかけ、柔らかく何度も頭を撫でてやる。

しばらく頭を撫でつづけてやると、なんとかある程度は落ち着いてくれたらしい。

呼吸がだんだん穏やかになってきて、肌に感じる由那の体温も、じんわり芯のほうから温かさが増してきたような気がした。

「………」

ふと、由那が雄也を見あげてきた。

その表情は今ひとつはっきりとしないものだったが……しばらくぼんやりと視線がからみ合ったあと、なにやら急に、由那が慌てたようなそぶりを見せはじめた。

「わ、わ、あわ、わわっ」

「なに、どうしたの」

「や、だって、だって、今、わたし……ハダカでお兄さんに抱きしめられてるっ」

今さらのコメントだが、どうやら今まで、そこまで気をまわす余裕がなかったらしい。それが今になって、自分たちがどういう状況になっているか改めて気がついて、いきなり照れくさくなったようだ。

「あう、あうぅ……っ」

由那の頬が、ぽっと火のついたように赤くなる。

同時に密着した肌もようやくいつもどおりに温かくなり、骨抜きになったように身体が柔らかくなってきた。

（……ああ、やば……）

その変化が伝染してきて……雄也もようやく気持ちがほぐれ、由那の身体を改めて意識することができるようになっていく。

仄かに胸元にそなわった柔らかさ。そして、その左右の中心部にある突起。お腹やふとももの滑らかな肌ざわり。おへそまわりのゆるやかで愛らしいくぼみ。少女としてのゆるやかな、けれど確かに存在する起伏が、雄也の意識を捉えて放さない。いつも見とれているこの美しい少女の身体と、自分は今、密着しているのだ。

「お兄さん、ドキドキしてる」

「由那ちゃんだってそうでしょ」

そう、そしてなにより素晴らしいのは、皮膚越しに間近に感じる心臓の鼓動だ。

とくん、とくんと運動しているときほど激しくなく、けれど平静にしているときほどゆったりではない鼓動。

それは隠しようのない、互いの気持ちの発露である。

「なんか……ふしぎな感じ」

雄也の胸に抱きつき、鼓動を確かめるように彼のみぞおちあたりに頬を当てながら、由那はふと、今までと打って変わった、穏やかな口調で吐息を漏らした。

「これ、エッチなことだよね？」

「そりゃ、裸で抱き合ってるんだもん」

「なんか、なのに、すごくのんびりした気分」

そのコメントの純朴さがなんとも可愛らしくて、思わず雄也は笑みをこぼした。

「痴漢相手だと、こういう気分、絶対ないでしょ」

「ん……そうかも」

その感覚を確かめるように、由那は雄也を抱きしめる腕に力をこめ、ふっと小さく息を吐いて、雄也の鼓動に意識を集中させているようだった。

裸同士で抱き合うことも、抱き合って心が穏やかになるのも、本来のセックスであれば、それはありふれたもののはずだ。それをこうして嚙みしめるように味わう由那を見ていると……改めて彼女を大事にしなければならないという思いが強くなる。

そして……だからこそ、雄也はこれから彼女にすることに、やはりほんの少し、罪悪感を覚えるのだ。

「由那ちゃん、じゃぁ……ベッドに行こうか」

「ん……」

自ら望んだことである。雄也のその誘いの言葉に抗うようなことはまったくなく、彼女は従順に雄也に従い、ベッドにその裸体を横たわらせた。

白いシーツに裸体を投げ出した少女の姿は、それだけでひどく官能的だった。仄かに上気して朱のさした白い肌。こぶりで控えめな胸の隆起に、甘い香りが漂うような、うっすら桃色に色づいた乳首。ほんのわずかに第二次性徴を感じさせる腰のくびれと、腰まわりや太股の輪郭線。そして、つるりとした無毛の股間の割れ目。

そんな少女の肉体すべてをさらしながら、由那は全幅の信頼をよせた瞳で、雄也を見あげてくる。

息を呑まずにいられない。淫靡で、背徳的でありながらただただ美しく、目を逸らすことを絶対に許さない強烈な魅力がある。

「ちょっと恥ずかしいかもだけど、足、開いてくれる？」

「えっと、こう？」

カエルみたいな足の開き方にはやはり抵抗があるらしく、由那は膝を立てるかたちで、M字開脚の体勢を取った。

少々手狭だが、まあ、充分だろう。

満足げに頷いて……そして雄也は由那の下半身に取りついて、そしてその秘部に口をつけた。

「ひぁ……っ!? え、えっ!? なに!?」

いきなりのことでびっくりしたらしく、由那は素《す》っ頓狂《とんきょう》な声をあげた。

恥ずかしがっていると言うより、本当になにをされているか理解できない、といったような表情だ。それでも下手に暴れたりしないのは、それだけ彼女が雄也を信頼してくれているということなのかもしれない。

「なに、なに!? なにしてるの!?」

「なにって……クンニだけど」

「く、くんに……? え、待って、待って! 汚いよ、そんなとこ!」

どうやらセックスがどういう行為をするものかは知識としてあっても、クンニリングスについてはまったく知らなかったらしい。なんだかんだで小学五年生である。むしろ知っているほうがおかしいような年頃だ。性的な行為について勉強したとは言っていたが、それこそ「生殖行為として、妊娠する際にどういったプロセスを踏むか」あたりについてだけ、ピンポイントで調べていたのではないだろうか。

「エッチなことするときって、こうやって相手が気持ちよくなるところを、口で舐めたりするのは、普通のことなんだよ」

「え、そうなの……？」

素直な由那はどうやらそれで納得してくれたようだが、しかしはたと、彼女のような年頃の少女にとってはそうとうショッキングな可能性に気がついたようだった。

「えっと、じゃあ、じゃあ……もしかして、女の人が、男の人のおち×ちんを舐めたりもするの!?　それって普通のことなの!?」

「あるね、そういうの。フェラチオっていうんだけど」

「名前もついてることなの!?　そ、それ、汚くないの!?」

「知らない人だったら汚いって思うけど、好きな人同士ならそう感じないもんだよ」

「ふわぁ……そうなんだ、そうなんだぁ……」

ここに来て今まで知らなかった、想像だにしていなかった世界を垣間見た由那は、ただただ圧倒されて声を漏らすしかないようだった。

本当に可愛い。

そしてだからこそ、そんな姿を見ていると、雄也だってたまらなくなる。

「続けるね」

一方的に宣言して、彼はクンニを再開した。

まず、いまだに閉じきったままのスジに、優しくキス。

「ん……くすぐったい……」

未知の感覚にむずがる由那を愛おしく思いながら、しばらくそうして自分の口腔粘《こうくうねん》膜《まく》の体温をなじませたあと、雄也は本格的に、由那を責めたてることにした。

両手を由那の股ぐらに添えて、左右にゆるく開いてやる。

意外に抵抗感もなく、くぱりと素直にその場所が広がって……そしてとうとう、由那の聖域が、雄也の前に露になった。

(……わ、すご……)

予想以上に由那のその場所は、可愛らしかった。

ピンクサーモンよりさらに薄い、桃色の肉ヒダ。

勃起していない、ちょこんとこぶりなクリトリス。

まだ興奮していないために愛液は分泌されていないが、幼い粘膜はわずかにひくつきつづけ、ただそれだけでも潤いを感じさせるほどに瑞々しく艶やかだ。

触れるのも躊躇われるほど繊細な佇まいのその場所を、しかし雄也は抗いきれないなにかにあと押しされて、舌先で触れていく。

見た目はいかにも甘そうな色合いだがもちろんそんなことはなく、ほんのりと塩っぽい味わいが舌先に広がる。一日中パンツの中で蒸らされた場所であるため、おそらく汗ばんでいたのだろうか。

いや、ごくごくわずかにアンモニアのようなにおいがすることを考えれば、これはひょっとして、トイレの際に拭いきれなかったおしっこの残滓《ざんし》だろうか。

妖精じみた容姿で、秘部の佇まいも生っぽさはほとんど感じないが、ここに来て急にひどく生々しい側面を見せつけられた気がする。

なんだか、ひどくムラムラした。

もっと味わいたいと、ごく自然なことのように思ってしまう。

だから雄也は気がつけば、由那の尿の残りカスをほんのわずかでも逃すまいと、ひどく熱心に舌を動かしていた。

「ん、ぅ、んんっ、や、んんっ」

尿道口のまわりを舐めまわす。

ときおり、ちゅうちゅうとキスをして唾液と混じり合った残滓をすすりあげる。

雄也のその口唇愛撫のたびに、ぴくん、ぴくんと小陰唇が繊細に震え、その振動が舌の粘膜に直接伝わってくる。

「あう、う、んんっ」

そして……やがて、そんな偏執的な舌遣いのおかげだろうか。

雄也の唾液とはまったく異なる、とろりとした粘液が雄也の舌先に触れたのである。

愛液だ。

(ああ……すごい)

不思議な話だ。由那の愛液に触れるのはこれがはじめてではない。むしろ一回目の行為から毎回触れているもののはずなのに、いつもいつも感動してしまう。

本来由那は、そんな生理反応をすべき年齢ではないからか。

それとも、雄也が彼女のことを特別に思っているからか。

なんにせよそれは、雄也にとっては、なにものにも勝る美酒である。

(甘い……)

舌先に触れる愛液の味わいに、雄也はそんなふうに思う。

実際には、そんな味なわけはない。特に味もなく、においもない透明な粘液だ。

けれども、自分の舌の愛撫で性的快感を覚え、愛液を分泌してくれたというその事実が、雄也にとってはたまらなく甘かった。

「あ、う……はうっ、あ、あ、あっ、あっ」

愛液が分泌されたのを皮切りに、どうやら本格的に性感を自覚しはじめたらしい。きゅっと由那の太股に力がこめられ、雄也の動きを妨げるように彼の頭を挟みこんでくるが、しかしその力はひどく弱々しい。

「あ、う、あう、んん、あんん、や、や、あ、あっ、ああっ」

徐々に、しかし確実に甲高くなる嬌声《きようせい》。

その反応に雄也はさらに気をよくして、クリトリスへと責めの対象をかえてみた。

いつの間にかその小豆は、先ほどより硬くなり、熱く大きく充血している。

「ひぁ、あっ、あんっ、あん、んんっ、んんっ」

どうやら、舌先でくすぐるようにするのが彼女にとっていちばんいいらしい。

美少女の快楽のツボをつかんだ雄也はさらにその場所を激しく責めたて、少女の聖域を大人の唾液でどろどろにしていく。

「あう、あ、あっ、あっ、あああああっ、んぁあ……っ。だめ、だめ、だめぇ……っ」

そして……ふいに、きゅっと全身が強くいきんだような気配があり、ひときわ大きな、感極まったような嬌声が鳴り響く。

「…………」

少々、調子に乗ってやりすぎただろうか。

見れば、由那の表情は、ひどく虚ろになっていた。

目の焦点がどこにも合っておらず、夢見心地でたゆたっているよう。

口元もぽんやりと開けられ、愛らしい唇からは甘い息が絶えずこぼれていた。

「……気持ちよかった？」

「うん……きもち、よかった……」

恥ずかしがることもなく素直にそう返事をしたところを見ると、だいぶ快楽で意識がぐちゃぐちゃになっているようだ。

「もしかして、イッちゃった？」

「わかんないけど、そうかも……」

性的絶頂がどういう感覚のものかは前回の行為のときに教えている。まだまだ性的に未成熟な由那は今ひとつ理解していなかったようだったが、ぼんやりとでも「そうかも」というのであれば、まず間違いあるまい。

由那は、雄也のクンニで、軽くイッたのだ。

「なんか……びっくり。舌でなめなめするのって、こんな、きもちいいんだぁ」

息も絶えだえになりながら、それでも笑みを浮かべ、由那はぼんやりそう漏らす。

そんな美少女の艶姿《あですがた》に……雄也もそろそろ、我慢の限界が訪れつつあった。

絶頂の余韻で力の入らなくなった由那の身体に、雄也は無言でのしかかる。

大きく股を開かせ、そしてその間に自らの腰を進め、由那の痴態を目の当たりにして大きくふくれあがった股間を、由那の膣口へと近づけた。

「…………」

ぼんやり、されるがままになっていた由那が、その様子をじっと見ている。

「やっぱり、エッチ、してくれるの……？」

「しないよ」

ほんのわずかに希望を滲ませて尋ねてきたその言葉に、しかし雄也は否定で返す。

「セックスはしない。さっきも言ったけど……それに似たようなことは、してあげられる。痴漢には絶対できないことで、恋人同士がするような……たぶん恋人でも、とびきりエッチなことについて積極的な関係じゃないとできないようなことだよ」

素股。これが、雄也の考える、本当にぎりぎりの妥協点。

ある意味本番よりもよほど変態的な行為だが……一線を越えるよりは絶対いい。

「普通のエッチは、由那ちゃんのアソコに、ち×ちんを入れるようなことを言うけど……これはね、由那ちゃんのアソコと、ち×ちんを入れずに擦り合わせるんだ。セックスじゃないけど、互いの性器で、互いが気持ちよくなれる」

「……そっか。なら、いいや」

頷いてはくれたが、朧気《おぼろげ》になった意識で、由那がどれほど雄也の言葉を理解しているかは定かではない。相手の無知につけこんでいるような気がして……ちくりと罪悪感に胸が痛くなる。

だから雄也は、自分で自分に言い聞かせるしかない。前回の行為で、由那は、互いに合意の、いっしょに気持ちよくなるのが正しい性行為だと認識していた。だから、裸で抱き合い、互いに露出した性器同士を擦り合わせて気持ちよくなれるこの行為は、恋人同士の行為にきっと近しいものだと……そう考えてくれたはずだ、と。

「……いくよ」

「……ん」

合図をして、返事をしっかりしてくれたのを確認し……雄也は満を持して、自らの勃起を、由那の陰唇へとふれあわせた。

「あ……あぁ……おち×ちん、こんな、なんだぁ……」

感きわまったかのようなため息まじりの由那の感想に、ぞくぞくと背中が泡立つ。

耳たぶに触れる甘やかな少女の声に加え、股間に触れる由那の秘部の感触に、雄也は思わず背中をのけぞらせた。

（なんだこれ……すごすぎ……）

男性器で触れる小学五年生の蜜所は、ただひたすらに熱かった。

硬く勃起した、敏感になった性器で触れているためだろうか。先日じかに指先で触れたときより、ずっと愛液のぬめりや膣口の蠢きをはっきりと感じ取ることができる。

その激しい官能に、ふれあわせただけで思わず射精しそうにすらなってしまう。

「……えへへぇ」

由那は、ふと場違いに笑みをこぼした。

今のこの場面にまったく相応しくない、うれしそうな、満たされた表情である。

「ホントのエッチしたら……お兄さん、こんなふうに見えるんだね」

本当、この子は天才なのではないだろうかと雄也は思った。

言われるまで気がつかなかった。確かにそのとおりである。

由那を押し倒したこの体勢。確かに挿入はしていないが、体位としては正常位とまったく変わるところがない。

そう、由那とセックスをしたら、こういうふうに見えるのだ。

下を向けば裸体の由那が自分を見あげている。大きく股を開いて、その小さな身体で雄也を受け入れ、身体のすべてを許してくれている。

たまらない。

もう、動くしかなかった。

「ん、ぁ、あ……っ」

突如始まった摩擦に、由那はしかし驚くことなく、甘い声をあげる。

先ほどのクンニで限界まで高まった小学五年生の官能は、どれほど背徳的な行為であっても、もう拒絶反応を示すことはない。されるがままになりながらも、むしろそれを歓喜をもって受け入れて、心地よさそうに身をよじらせるのみである。

「はう、あ、あっ、あっ」

快楽に身もだえする由那の身体は、ただひたすらに美しかった。

白い肌を紅《あか》く染め、よくよく見れば今回まったく触ってもいない乳首もピンととがって自己主張をしている。甘い声をあげながら艶めかしく身体をうねらせるその様は、もう小学生とは思えないほど淫らなものだった。

「由那ちゃん……っ」

その小さな媚体を抱きすくめたくもなったが、今はそれよりなによりも、心の密着がほしかった。だからベッドの上に所在なさげに投げ出された由那の手を、なかば無意識に雄也は握りしめる。

指と指を絡み合わせた、いわゆる恋人つなぎである。

年相応に由那の手は手のひらも指も小さくて、そんなつなぎ方をしても握り方が歪《いびつ》になってしまう。

おそらくそれは、今の雄也と由那の関係そのものだ。

決して重なり合ってはいけないほどの年の差があるふたりが、しかし今裸で抱き合い、肌を重ね、不完全ながらも性器同士で繋がって、そして快楽をともにしている。

腰を動かし、性感帯同士を擦りつけ合って、気持ちよくなってしまっている。

「おに、さん……っ」

息も絶えだえになりながら、由那もさらなる密着を求めてきた。

まるで雄也をどこにも行かすまいとするように、足を雄也の腰に絡みつかせてきたのである。

「きもち、いいの、いいのっ。だから、ずっと、ぎゅって、あ、あ、んんっ」

動きは少し不自由になったが、しかしもうそんなことは些細なことだった。

熱く蕩けた由那の膣口がひくついて、まるでキスをするように、ちゅうちゅうと雄也の裏スジに吸いついてくる。

ごつごつに血管の浮き出た雄也の竿が、由那のクリトリスを擦りあげていく。

熱い愛液と、雄也の鈴口から漏れ出る先走りが、性運動の中で混ざり合っていく。

昂《たかぶ》らずにいられない。愛しい気持ちが抑えられない。

「あ、あ。わたし、もう、だめ、だめっ、だめっ」

「……う、お、俺も……っ」

だから……あっという間にふたりは、最後の瞬間まで駆けあがってしまう。

ふたりの声がどんどんせっぱ詰まっていく。

甘く熱くなった体液が、どんどん淫らな水音を大きくする。

火照ったふたりの体温が混ざり合い、ひとつに溶け合って……そしてなにかの決定的な予感が、どんどんふくれあがっていく。

そして……最後の瞬間を止めるものなど、どこにもいない。

「……お兄さん、好き、好き、好きっ」

「……!?」

けれど……しかし――。

最後の引き金となったのは由那の、そんなせっぱ詰まった言葉だった。

「好きなのっ、大好きなのっ、お兄さん、お兄さんっ、お兄さんっ」

待ってほしい、と雄也は思った。それだけは、ダメだと思った。

でも、もう止められない。

甘えた可愛い声、自分をひたむきに求める声に、雄也はストップをかけられない。

「あ、あっ、あ、んんっ、んんんっ、あ、あ……っ。好き、好きっ、好きっ」

「く、ぁあっ」

どく。どくっ。どくっ。どくっ。

そうして結局……雄也は、このうえなく幸せな絶頂感で身もだえする由那の身体に、自らの白濁を、こらえることもできずにぶっかけてしまったのである。

3

「はぁ、はぁ……ぁぁ……」

その最後の瞬間から、はたしてどれほどの時間が経っただろうか。

燃えあがった官能の火は熱く激しく、どれだけ経っても鎮まることはない。

「……はぁ……」

大きく深呼吸をして、どうにか気持ちを落ち着けて……そうしてなんとか由那の上に倒れ伏すのだけは耐えきった雄也は、ぼんやりと由那を見下ろした。

冷静さを取り戻しつつある今になって改めて見ても、由那の裸体は艶めかしい。虚ろに呆《ほう》けた目に、大きく上下する胸。全身にじんわりと浮かんだ汗によって、ただでさえ艶やかで幼い肌は、てかてかになって光沢を放っていた。

そしてなによりそんな彼女をどうしようもなくしているのは、その小さな身体の股ぐらから鎖骨あたりいたるまで、糸を引きつつぶっかけられた、雄也の精液である。今まで見たことのあるＡＶやエロ画像のどれよりも背徳的で官能的な画《え》であった。

「………」

そんな由那を前に、雄也は興奮するよりなによりまず、途方に暮れてしまった。

やってしまった、という思いがいちばん強い。

これは由那の願いに応えただけだから……と言ってしまうのは、絶対してはいけないことだ。それは最悪の責任転嫁だし、なによりロリコンの気のある雄也は少なからず、彼女とこんなことをすることを「そんなのはいけないことだ」と思いながらも、心のどこかで夢想していたところがある。だから由那がこんな有様になってしまったのは、間違いなく雄也の責任だ。後悔のタイミングなんてとっくに過ぎ去っている。

そのことを重々承知しつつも、雄也の心の奥でひっかかりが残ってしまうのは……行為の最中に由那が口にした台詞のせいだ。

――お兄さん、好き、好き、好きっ。

なにもかもの余裕がなくなった瞬間の台詞である。その言葉がでまかせのものとは、とうてい考えられない。

もちろん、そういう気持ちを向けてくれることは、うれしい。純粋な彼女の気持ちは本当に愛おしいと思う。けれど、それをはたして、素直に受け入れていいものなのかというと……もちろんそんなわけはない。

「……わ……なんか……すごい」

呆然とする雄也の一方で……ようやく息を吹き返した由那は、いまだに熱く甘い吐息を漏らしながら、ようやく自分の様子に気がついたらしい。

「これ、なあに？」

自らの身体にぶちまけられた精液を不思議そうに眺め……そしてなにを思ったのか、彼女はそれをすくい取り、指先でこねたりしながら、小首をかしげた。

「ああ、えっと、男の人が気持ちよくなると、おしっこのかわりに出るもので……」

「……あ、じゃあ、これ、もしかして精液？」

どうにも言いづらくて、持ってまわった言い方をしたところに、直球でそんな言葉が返ってくる。幸か不幸か、どうやらそのあたりの知識はしっかりあるらしい。

「え……じゃあじゃあ、これが赤ちゃんのもとなの？」

精液が女性を妊娠させるものだとすぐに思い至らなかったのも、彼女が未成熟であるがゆえなのだろう。無邪気に、好奇心のままに指先でその粘液をいじくりまわす様子はひどく背徳を刺激するもので、雄也としてはむしろ罪悪感が募るところだったが……しかし当の由那の反応は、雄也の予想外のものだった。

「……えへへへぇ」

嫌悪感をまったく示すことなく、むしろうれしそうに、ゆるゆると微笑んだのだ。

「やっぱり、そうなんだ。赤ちゃんって、やっぱりこうして、パパとママがしあわせな気分になってできるんだね」

「……そうだね」

こういうとき、子供というのは本当に強いな、と思わざるをえない。

社会のしがらみや世間体などは、世間知らずな子供にとってはなんの価値もない。だから行為で感じたものだけをまっすぐ見て、そんな率直な感想を口にできる。

実際、雄也だってそうなのだ。

行為の最中に限って言えば……雄也だって、世間体など気にする余裕もまったくなくて、由那と、由那との行為に夢中になっていた。

彼女のことが愛おしくて、彼女のことを独占したくて、たまらなくなっていた。

それは本当に、間違いないことだ。

「えへへ。お兄さんっ」

ふいに、由那が動いた。

呆然としたままだった雄也の首に抱きついて、ぎゅっと身体をよせてくる。

なにごとかと思う前に……ちゅ、と軽く、温かいものが唇に触れた。

「あぁ……」

なにが起きたかを理解するより前に、由那の顔が離れていく。

少し遅れて、由那になにをされたかに気がついて……雄也は、間の抜けた声をあげるしかなかった。

「えへ。ファーストキス、しちゃった」

少し恥ずかしげにそう言いながら、由那は雄也を見あげてくる。

恋する乙女の顔だった。

第五章　ふたりの想いの行き着く先

1

今日はなにごともなく学校に着くことができた。

こういうことを言うと友達なんかに「年寄りくさいよ」などと笑われるが、やっぱり由那としては平穏がいちばんだと思う。

なにか事件が起きてもワクワクすることなんて滅多になくて、誰かが嫌な目に遭うだけのことのほうがよっぽど多い。痴漢に遭うようになってから、由那はますますそんな思いが強くなっていた。

「んしょ……っと」

ランドセルを下ろし、自分の席について、ひと息をつく。

由那は、時間に余裕を持って行動をするほうだ。始業前のホームルームまで三十分以上余裕がある。教室にいる同級生の姿もまだまばらで、賑《にぎ》やかさとはほど遠い。

なんとなく暇つぶしにスマホでも弄ろうかと思っていたところに、折よく友達の赤島真澄が、教室に姿を現してくれた。

「ゆなっち、おーはよっ」

「おはよ、ますみちゃん」

いつも決まった時間に学校に着く由那と違い、真澄の登校時間はまちまちだが、今日はかなり早めの到着だった。

それだけのことだが、なんとなくうれしい。

こんなふうにしてふたり揃《そろ》って時間に余裕があるときは、始業のホームルームまで彼女とおしゃべりするのが、由那のいつもの日課だった。

「……んー？」

自分のぶんのランドセルを下ろし、軽やかな足取りで真澄は由那の席に寄ってきて……そして、なにか気がついたらしい。

探るような視線で由那の顔をのぞきこんでくる。

「なにか今日は、ゆなっち元気そうだね。ていうか、ちょっと変わった？」

「え、そう？」

「うん、ちょっと前までなんか悩んでるっぽかったもん。今はなんか前より元気そう。大丈夫になったんだね、よかったよかった」

「ああ……うん。そうかも」

言われて、納得する。

そういえば真澄は、先日も由那のことを心配してくれていた。

そのときは自分で自分の気持ちがわからなかったが、今ははっきりわかる。

ここのところの由那が不安定に見えていたのは、ほかでもない。雄也のことで、頭がいっぱいになっていたのだ。

雄也のことを考えると、胸の奥がモヤモヤしてしまう。なんだかいてもたってもいられない気持ちになってしまう。それが真澄の目には、調子を崩していたように見えたのだろう。

けれど……気づいてしまえば、なんのことはない、ごくごく単純な話だった。

（わたしは……お兄さんのことが、好き）

自覚したとたん、一気に視界が晴れたような気がした。

今までなんでそんな簡単な感情がわからなかったんだろうとすら思う。

あるいは自分の気持ちに今まで気づけなかったのは、漫画で読んだことがあるような、なにかのわかりやすいきっかけがあって恋に落ちるとか、そういったものではなかったからなのかもしれない。

そう。特になにか契機があったわけではない。

由那にとって雄也が特別な男性になったのは、たぶん、いろんなこまごましたできごとの積み重ねによるものだ。

（……お兄さん、好き）

けれど一方で……彼とはじめてしゃべったときのことを、今でも鮮明に思い出せる。

いつも乗っている電車で寝すごしかけて、彼に起こしてもらったときは、動転してしまって、なにがなんだかわからなかった。ただただびっくりして、なにより居眠りを咎められたような気分にもなって、恥ずかしかった。

けれど、それでもお礼は言うべきだろうかと考え直して、翌朝彼に、勇気をふり絞って、おどおどしながら「昨日はありがとうございます」と声をかけてみたのだ。

変な話だけれど……そのとき彼が「ああ、いいよ、学校は間に合った？」と、ちょっと恥ずかしげに返してくれたその表情に、なんだか不思議に親近感が湧いたのだ。

ああ、大人の人も、はじめての人としゃべるのは、緊張するのだ、と。

自分といっしょなんだと、そう思ったのだ。

彼とおしゃべりをするような関係になったのも、そんな些細なことがきっかけだ。

雄也との会話は、楽しかった。そもそも由那は両親が仕事人間で、家でおしゃべりするような時間があまりない。そんな家族関係が希薄な日々のなか、登校時の雄也との会話は由那にとって、少なからず慰めになっていた。

毎日十数分という短い時間のふれあいだが、それでも由那は雄也のことを親がわり、あるいは兄がわりにして甘えていたところがあったのだ。

（あとは……やっぱり、エッチなことまでしてくれるのも……あるのかなぁ）

そう考えて、ちょっと恥ずかしくなる。

ただ、ここではっきりさせておきたいのは、雄也が気持ちいいことをしてくれるから彼のことが好きになった、というわけでは決してないということだ。

エッチなことをしてほしいという由那の無茶なお願いに彼が応えてくれたこと、そのこと自体が、由那にとっては大きな意味を持っていた。

大人の人が由那のような年頃の子供に、性的な意味を持って触るのがどれほどよくないことか、由那だって多少なりともわかっている。

善良で優しい雄也にとって、それはとても無茶なお願いだったに違いない。

それでも雄也はそれに、たぶん、すごく悩みながらも応えてくれたのだ。それも一回だけでなく、複数にわたって。

しかも、それだけではない。先日の素股の一件のように、たんに甘やかすだけではなく、大人として駄目な一線は駄目だときっぱりと断ってくれる。そのうえでいろいろと考えて、妥協点を探して、できるだけ由那の意向に沿おうとしてくれる。

つまりそれは、由那をいい加減に扱わず、大事にしてくれている、ということだ。

それら諸々は、由那にとって雄也が特別な人になる理由としては充分なものだった。

「なんかゆなっち、ひとりでニヤニヤしてきもちわるい」

「えぇ？」

ひどい言われようである。こちらは真剣に、純粋な恋をしているというのに。

が、どうやら真澄としても、それほど深い意味のないコメントであったらしい。

真澄は「ま、元気そうだし、いっかー」と一転してあっけらかんと笑っていた。

「あー、そだそだ。そういやさー、ゆなっち知ってる？」

「なあに？」

真澄の話題はとにかくころころと変わる。

由那もほかの同級生も、彼女らの年代なら多少なりとも同じような傾向があるが、真澄は特にそのあたりが顕著だ。友達の中にはそんな真澄を「ときどきなに言ってんのかわかんない」みたいに言う子もいるが、由那としては飽きなくて楽しいと思う。

「あたしたちが使ってる電車でチカンが捕まったんだって。しかもそのチカン、あたしらみたいな小学生とか狙ってたらしいよ。こわいよねー」

「……へえ、そうなんだ」

他人事《ひとごと》のように相槌を打つが、じつは由那は、真澄に知らされる前から、そのできごとについては知っていた。

というか、知っているもなにも、現行犯で痴漢を警察に突き出したのは、ほかならない由那自身だからだ。

たしかに真澄の言うとおり、由那はちょっと変わったかもしれない。

今までは、ただただ怖くて痴漢のされるがままだった。下手に騒いでなにかひどいことをされたら……などと考えてしまって、身が竦んで動けなかった。

けれど、今は違う。

まわりには普通に優しい大人だっているのだ。騒いだところで、それ以上にひどいことはされないはず。

身勝手な痴漢にいいように身体を弄られつづけるほうが、よっぽど割に合っていないではないかと……そう考えるようにしたのだ。

なにより……雄也以外の男性に、自分の身体をこれ以上触られたくなかった。

雄也に守ってもらってばかりいる女の子でいたくなかった。

痴漢とか関係なしに、由那は雄也と向き合えるようになりたかった。

「チカンって普通、もっと大人が大人にするものじゃない？」

「ねー、ヘンタイってこわいよねー」

もちろんそんなことを、いくら親友とはいえ、言えるわけもない。

なので適当に話を合わせておしゃべりを続けていると……どうやらいつの間にかいい時間になっていたらしい。チャイムが鳴って、ホームルームを始めるために担当の男性教師が教室に姿を現した。

「……じゃね、またね」

手をふって席に向かう真澄を見送りながら……由那はふと違和感に首を傾げた。

（あれ……なんだろ。なにかあったのかな）

いつもならば先生が来ても、しばらく教室内は騒がしいままのだが、今日は空気が少し妙だった。

いつも穏やかな先生の顔が、ひどく強張《こわば》っている。

こういうときは、たいていよくないことが起きる。先生がこんな顔をしているときは、生徒の誰かがよからぬことをして説教モードになっていることがほとんどだ。

「みなさん、おはようございます」

やはり硬い口調で挨拶をする先生。対して生徒たちはみな一様に、下手に先生を刺激しないよう姿勢を正し、次の言葉を待ちかまえた。

だが、先生が口にしたのは、大半の生徒の予想に反したものだった。

「もうみなさんの中にも知っている人がいるかもしれませんが、みなさんが通学でよく利用している大森線《おおもりせん》の電車で、痴漢が捕まりました。プライバシーにもかかわるので誰とは言いませんし、どういったことをされたか詳しくは言いませんが……我が校の生徒が被害に遭っていたようです」

さすがに驚いて、由那は目を瞬《まばた》かせた。まさか真澄との会話とたてつづけに、同じ話題が先生の口からも出てくるとは思わなかったのである。

ちらりと真澄のほうを見ると、彼女のほうも驚いたようで、目をまるくしていた。

けれど、よくよく考えたら先生からこの話をするのは当たり前かもしれない。

生徒のまわりでなにかよからぬ事件が起きたなら、注意喚起をするのは当然だ。

「変なことを誰かにされたら、先生でもいい、親でもいい、誰でもいいから、頼れる大人に相談しなさい。そうしたら絶対、大人はあなたたちを守ってくれます。あなたたちみたいな年齢の子に変な気持ちになって、裸を見せつけてきたり、身体を触ってくるようなのは、異常なことです。絶対許されてはならないことです」

先生の話に、今日の話題がお説教ではないとわかったとたん、教室の空気が「なあんだ、そんなことか」と少しゆるむ。

確かに、ほとんどの生徒にとって痴漢なんてまだ無関係だ。もう少し年齢を重ねれば痴漢を警戒しなくてはいけない生徒も多くなってくるだろうが、小学生を狙った変質者などそうそう現れるものでもない。それがおおかたの生徒たちの認識のようだった。

けれど一方で……由那は複雑な気分だった。

先生の言っていることは間違っていないはずだ。

だというのに、なんでか先生のその言葉を、素直に受け入れられない自分がいる。

(どうせ、相談したって、守ってくれないくせに……)

そんなふうに思ってしまったのだ。

痴漢なんて、防げるものではないのだ。

いつどこで誰がやってくるか、わからないのだから。

なのに真剣な顔をして「大人は守ってくれる」なんて言葉を吐くのは、無責任ではないかと由那は思ったのだ。

少なくても雄也は、そんな軽率なことは言わなかった。

自分がどうにかできることならなんとかしてあげると言えるだろうが、そういう問題ではないからと、彼はいっしょに困ってくれることしかできなかった。

由那にはそんな彼のほうが、よほど親身に由那のことを考えてくれて、由那の抱える問題に向き合ってくれていたように思えたのだ。

それに「あなたたちみたいな年齢の子に変な気持ちになって、裸を見せつけてきたり、身体を触ってくるようなのは、絶対許されてはならないことです」という言葉も引っかかる。

この言葉も間違ってはいないと思うのだけれど、でも、なんだかそのもの言いは、痴漢といっしょくたにして、雄也のことまで非難しているように由那には思えた。

(……お兄さんは、そんな人じゃないもん)

だから心の中で、由那は先生の言葉に強く、強く反発した。

確かに雄也はロリコンだ。エッチな関係を持つようになる前から、ちらちらと由那の身体をスケベな視線でのぞき見ているような節は確かにあった。

でも彼は、決してその自分の欲求を、自ら進んで由那にぶつけようとはしなかった。

由那の気持ちを無視して自分の欲望を由那に向けることは悪いことだと考えて、なにもせずに普通に接してくれた。彼が性的な興奮をともなって由那に触れるようになったのは、あくまで由那のほうからそれを強くお願いしたからだ。いざ実際に触れるときも、彼は「それはよくないことだ」と、ひどく躊躇っていた。

あれこそが「いい大人」だと、由那は思うのだ。

人間誰しも邪《よこしま》な思いや悪い欲望を持っている。由那だって、学校を休みたいとかそんなことをしょっちゅう思う。

でも彼は、そんな自分の悪いところを自覚して、律することができる。

やむにやまれぬ事情があれば、自分の信念を曲げることもできる。

そんな素敵な大人のことを、由那は安易に批判してほしくなかった。

（……お兄さんに会いたいな）

いろいろ考えていたら、そんな思いが強くなった。

早く雄也と会っておしゃべりしたい。

エッチなことは、この際しなくても構わない。

ただ普通に会うだけでいい。彼の顔を見たい。

けれど……こういうときに限って、物ごとはうまくいかないものだ。

雄也から「今後は、もうエッチなことはやらないようにしよう」と連絡があったのは……その日の放課後のことである。

どういうことかと電車で問いつめようとしても、その日を境に、由那がいつも乗る電車に、雄也の姿はなくなっていた。

2

最寄り駅から電車で揺られること一時間半。ふだんあまり使わない路線に乗ったので、少しとまどいながらも、なんとか雄也は定刻に目的地に着くことができた。

ホームに下り、改札を出た先の広場は、予想以上に賑やかだった。

きゃいきゃいと黄色い声をあげる子供連れ。仲睦まじそうに歩くカップル。人待ち顔で、駅前のモニュメントに背中を預ける青少年……その他様々な表情を見せる人々でごった返している。

さすが、ショッピングモールやら大きな海浜公園やら水族館やら、市内でも特に行楽施設の集中する駅前である。

　平日ならこうもいかないだろうが、土曜の午前ということもあって、気持ちのいい晴れ模様の下、陽気な人々の姿はまったく絶えることがない。

（想像以上に人が多いな……）

　町並み全体からにじみ出る陽気な熱量に、少し圧倒されてしまう雄也だった。

　この町に住みはじめてそれなりに長いが、じつは雄也がここに来るのははじめてだ。しばらく恋人もいなかったし、つきあいのある友人もこういう場所で遊ぶような人間はほとんどいなかったためだ。目的もなく散策するだけでもいろいろと楽しそうな施設は多いが、かといって、長い移動時間をかけてまでひとりでここに来ようという気には、なかなかならないものだ。

　では、なぜそんな雄也が、こんなところに来ているかと言えば、由那から先日「週末に会いたい」と連絡があったためである。

　正直なところを言えば……じつは雄也は、あまり気乗りはしていなかった。

　なんとか理由をつけて断れないかとも考えていたのだが、電話で「もし来なかったら、今までお兄さんにエッチなことされたこと、学校の先生にバラすから」と言われたら、もう従うほかない。

（……なに言われるんだろうな）

先日由那と行為に及んでから、雄也は由那のことをずっと避けていた。朝もわざわざ電車の時間をずらして彼女に会わないようにしていたし、スマホでの連絡も極力しないようにしていたのだ。さすがに向こうからなにか連絡が来れば、多少なりとも返答はしたりしていたが。

ほかでもない、先日してしまった素股がなによりのきっかけだ。

今まで由那のお願いに答えるかたちでいろいろやってきたが、さすがに前回はやりすぎてしまったように思う。なのでここは、いったん冷静になるために一度距離を置いたほうがいいだろうと、そう判断したのである。

あくまでそれらは雄也の独断だ。由那はさぞかし怒っていることだろう。

なんとなく、判決を待つ犯罪者のような気分である。

「お兄さん、久しぶり」

まわりの空気から完全に浮いた、緊張した面持ちで、改札近くの壁ぎわで立ちつくしていると……いきなり背後から声をかけられた。

「あ、ああ、久しぶり」

思ったとおりの怒ったような声音。恐るおそるふり返ると、由那はその怒り声に相応しいむっつりとした仏頂面で、腰に手を当てそこに立っていた。

が……一方でその服装は、雄也の予想外のものだった。

清潔そうな白のワンピース。

同じく白のハイソックスに、飾り布があしらわれた白のパンプス。

純白の、いかにも儚く清楚な出で立ちの一方で、胸元に添えられたリボンと腰に巻いたベルト、それに携えたこぶりのポーチは黒で統一されており、艶やかな彼女の黒髪と相まって、とてもアクセントとして活《い》きている。

今まではいつも制服だったので、ひどく新鮮で、なにより可愛らしい格好だった。

いや……というより、なんなのだこの格好は。

雄也は由那の年頃のお洒落《しゃれ》にはまったく詳しくないが、そんな彼でも、さすがにこの格好は、ぱっと見でおめかしししているとわかる。

てっきり今まで避けていたことを説教されるかと思っていたのだが……いや、表情だけ見れば確かにそんな様子なのだが、着ている服装はまるでそんな感じがしない。

「わたし、怒ってます」

なんとコメントを入れていいかわからず呆然としていると、開口いちばんで由那はそんなことを言ってきた。

「なにに怒ってるか、わかってますよね？」

「……ごめん」

質問に答えることもできず、雄也は謝るしかなかった。

心あたりは先ほど考えたとおりだが、ほかにも思いあたることが多すぎる。

そんな雄也の心情を表情から読み取ったのか、由那はそれ以上の糾弾をすることなく、無言で雄也の腕をつかみ、その場から歩き出した。力としてはたいしたことはないが、無言の圧力のようなものに圧倒されて、雄也はそれに抗うことができない。

「え、ちょっと、由那ちゃん？」

「おわびに今日は、わたしにつきあってもらうから」

「あ……お、おう」

もうそう言われてしまえば、彼女の手をふり払うこともできない。黙って彼女に導かれるままに町並みを歩いて……雄也が連れていかれた先は、水族館だった。

（って、水族館？）

呆然とする雄也を尻目に、由那はチケット売場に行って「大人一枚、子供一枚」と受付に言ってチケットを買っている。

間抜けな話で、ここまできて雄也はようやく由那が、なぜこの場所での待ち合わせを指定したかに気がついた。

　要するに……彼女はデートをしたかったのだ。

というか、場所が場所だし、彼女の格好を見れば、一目瞭然ではないか。

（……まあ、いいか）

　少しとまどったが、そう思い直す。

　雄也は雄也で思うところあって距離を取ろうと考えていたわけだが、一方で由那はそれでずいぶん寂しい思いをしていたに違いない。お詫《わ》びというか、その気持ちの埋め合わせに、彼女の要望に従うくらいのことは、したほうがいいような気がする。

　それに……由那は親とのふれあいが乏しいことは、今までの会話で雄也も承知している。おそらくこういった場所に家族で来たことも、あまりないだろう。

　そういう意味で、今回はその代行として、彼女がやりたかったことにつきあうのは、それはそれで、「できるだけ由那のためになることをしたい」という雄也の思いにも適《かな》っている。

　少々無茶な理屈かもしれないが、雄也はひとまずそう考えることにした。

「はい、お兄さんのぶんのチケット」

「ありがと。いくらかかった？」

値段を聞いたら「え？」と不思議そうな顔をされた。

「なんで？　わたしが払うよ」

「いやいや。ダメダメ。俺は働いて自分のお金があるんだもの。むしろ俺に払わせてよ、由那ちゃんのぶんも」

「え、それはダメ。絶対ダメ。だってわたしが誘ったんだもん。ここに来るとかお兄さんに言ってないもん」

由那としては雄也になにかを奢《おご》るというのも楽しみのひとつだったのかもしれないが、雄也としても、まさかサラリーマンが小学生に奢ってもらうわけにもいかない。なんとか交渉して、由那のぶんは由那が、雄也のぶんは雄也がそれぞれ払うかたちで、由那はようやく納得してくれた。

「……まあいっか。じゃ、いこっ」

「お、おう」

今ひとつ釈然としない様子だが、気を取り直して笑顔になった由那に手を引かれ、水族館のゲートをくぐる。さりげなくきゅっと腕に抱きつく体勢を取られて、思わず雄也はどもりぎみの、奇妙な返事をしてしまった。

控えめだけど確かな温かさと柔らかさを示す胸の感触が、薄いワンピース越しに伝わってくる。

困る。こんなことをされたら、どうしてもいろいろと意識をしてしまう。

善人ぶったところで、雄也はロリコンで、そして最後まで行っていないとしても、由那の肌の柔らかさを存分に味わってしまっているのだから。

「どうしたの、お兄さん？」

一方で由那は、このスキンシップにはまったく無頓着である様子。

他意などなく、性的な意図などどこにもなく、本当に雄也に甘えたいからそうしているだけのようだ。

（……由那ちゃんのことを少しは俺も見習わなきゃだな、これは……）

雄也のほうがずっと大人なのに、由那のほうがまともにふるまっている。ふれあったくらいでいちいち性的な発想に繋がっているほうが人としてよほどどうかしている。

「なんでもないよ」

けれど、とっさに行動がともなえるわけもなく。だから雄也は、由那の柔らかさを意識から排除して、笑顔を取り繕うしかなかった。

3

結論から言うと……水族館は思った以上に楽しかった。

長らくこういった場所に遊びに来ていなかったというのもあるのかもしれない。

幻想的に照らされた水槽のなか、大小さまざまな魚が泳ぐ姿はなかなか見ごたえがある。

しかしなにより雄也の目を引いたのは、やはりここでも由那だった。あちこちで歓声をあげ、水槽にかじりついて目を輝かせるその様子は、本当に可愛らしい。

「魚、好きなんだ？」

「うん、好き。見るのも食べるのも好き」

なんとも小学生っぽい答えだが、確かにどうやら彼女、こういう場所がかなり好きであるようだ。どんな小さな水槽でもたっぷり時間をかけて、一個ずつ、飽きもせず、噛みしめるように眺めている。

それどころか、水槽のわきに貼りつけられた説明プレートも一枚一枚じっと読んで、しきりに感心したような声をあげていた。

そういえば、と雄也は思う。

性的な関係を持つようになってから会話の機会は増えたが、こんなふうに由那が趣味に没頭する姿を見るのは、これがはじめてだ。

(真剣になると、この子……こんな顔をするんだな)

水槽から漏れる青い光に照らされた、そのはじめて見る横顔に、つい見とれてしまう雄也だった。

そう……なんだかんだ言っても、今まで培ってきた雄也と由那のふれあいの時間なんて、まったくたいしたものではないのだ。

たぶん、これ以外にも、由那には雄也の知らない、いろんな表情があるのだろう。

そのことに今さら気づいて、なんだか雄也はわけもなくうれしくなった。

限られたふれあいの時間のなか、最近はふたりの間の関心ごとについて、性的なことに関する比重がどんどん大きくなってきてしまっていた。

変な話かもしれないが、ここのところの由那は、もうエッチなことしか考えられなくなっているのではないかと……そんなふうにすら雄也は感じていたのだ。

けれど当然、それは彼女のすべてではない。

由那にはエッチなこと意外にもいろんな関心ごとがあって、こうして一生懸命になれるものがあれば、無垢な表情で目を輝かせることができる。

そんな当たり前のことを当たり前にできる少女らしさを、由那はちゃんと持っている。それがわかって、雄也はうれしかった。

「……きれいだったねぇ」

やがてひととおり展示をまわりきり……由那はひどく満足げにため息を漏らした。

まるで「満腹、満腹」と言っているようなその口調に、雄也も自然と顔をほころばせてしまう。

「あ、おみやげコーナー。ちょっと行ってみていい？」

「いいよ、当然」

もちろん、雄也がそれに反対するわけもない。心なしか肌がツヤツヤになった由那に手を引かれながら、お土産屋コーナーに足を踏み入れた。

(ちょっとしたファンシーショップって感じだな)

店内に入ってまず雄也が覚えた感想は、それだった。

よりどりみどりのぬいぐるみの数々。それにキーホルダーやらアクセサリーなどの小物類。意匠が全部魚や海の生き物に統一されてはいるけれど、売り物といい、棚の飾り方といい、とにかく「可愛い」で埋めつくされている。

確か前につきあっていた彼女に連れていかれたファンシーショップが、ちょうどこんな感じだった。水族館と言えばデートコースの定番なので、店がわも狙ってこういう雰囲気にしているのだろう。

「……あ、これかわいい」

早速由那が、棚に飾られたマンボウの大きなぬいぐるみに目をつけ、棚からサンプル品を取り出してそれをいじくりまわしている。

手に取ってしげしげと眺めたかと思えば、肌ざわりを確かめるように頬ずりをしたり、いちいちその仕草がなんとも言えずぐっとくるものがある。

（かわいいんだよなぁ……）

特にぬいぐるみに頬を押しつけて、うっとりと目を細めるあたりはもう反則なのではないかと思えるほど可愛らしい。

「それ、買ってあげようか」

「え、だ、ダメダメ！　そんなのもらえないし！」

「べつにお金なら心配しなくていいよ。こういうのはたまにしかできないし……由那ちゃんに喜んでもらえるなら、俺だってうれしいんだし」

「えっと、あの……それだけじゃなくて……ぬいぐるみが増えると、ママとかに怪しく思われるかもしれないから……」

「ああ……なるほど」

たしかにそこは、考えが足りなかった。

もしかしたら由那と同じく、雄也も知らずのうちにだいぶ浮かれてしまっているのかもしれない。

「じゃぁ……そうだな、こういうキーホルダーとかならいいんじゃない？　なにかほかに、ほしいものがあるならそれでもいいけど」

「……いいの？」

「もちろん」

「えっと。じゃあ、待って待って、選ぶから！」

遠慮しつつも、なんだかんだでやっぱり、なにかほしい気持ちはあったらしい。

棚を前にして真剣な顔で物色する由那を、雄也は微笑ましい気持ちで眺めた。

4

結局由那が選んだのは、先ほど真っ先に手に取っていたマンボウと同じ意匠をしたキーホルダーだった。

ちなみに買ったのは、ふたつ。意外なリクエストだが、要するに由那としては、雄也とおそろいのグッズがほしかったようだ。

値段としてはぬいぐるみよりずいぶんと安くなったが、由那はまったく気にした様子もなく、早速自分のポーチにそれを取りつけ、うれしそうに目を細めてくれた。

「ね、お兄さん、ちょっと休憩したい」

「……そういえば、全然休んでなかったな」

ずいぶん熱心に水族館をまわっていたせいで、気がついてみれば、なにかを飲んだり、足を休めることもしていない。雄也も喉がカラカラになっていた。

「わたし、ちょっと行きたいところがあるの」

「ずいぶん準備がいいなぁ」

ちょっと、苦笑してしまった。まるでこの機会を待ちに待ったような物言いだ。

よほど今回のデートを念入りに計画していたのだろう。

スマホで、手頃でいい感じの喫茶店を探そうとも思ったが、そうとなれば由那のリクエストに従わない手はない。

どこかウキウキとした足取りで先導してくれる由那に道案内も任せて、雄也はおとなしく彼女についていくことにした。

「……ここ？」

「うん。ここ」

そうして、はたして由那が連れていってくれたのは、少し予想外の場所だった。

カラオケボックスだったのだ。

てっきり喫茶店やレストランかと思っていたのだが……なんとなく意外だった。

由那は性格も言動もおとなしめの子だ。なんとなくだが、こういう場所はどうにも彼女とは縁遠いようにも思える。

「由那ちゃん、こういうところに来たことあるの？」

「えっと……友達に連れられて、一回だけ」

質問に、はにかみながら答えてくれる。

なるほど、そういうことならまあ納得できる。

おそらくその際に、こういう場所でも飲み物や軽食なんかを頼めることを知ったのだろう。

「歌いたいの？」

「あ、えっと、そうじゃないんだけど」

微妙に歯切れの悪い返答をしたあと、由那は雄也の顔をおずおずと見あげてきた。

「その、ゆっくりお話ししたいなって」

「なるほど」

少々割高ではあるが、喫茶店やレストランの場合は、まわりの話し声やらなにやらで会話しにくかったりすることもあるだろう。それを考えれば、確かに悪くない選択かもしれない。

「由那ちゃんの歌、ちょっと聞いてみたい気もするけど」

「だ、だめだめっ。恥ずかしいもん……」

頬を赤らめて拒絶する可愛らしい由那を微笑ましく思いながら、一方で雄也は感心してもいた。

(……やっぱりこの子、地頭いいんだよなぁ)

あるいは最近の子供は、みんなこういうふうに頭が柔らかいものなのだろうか。

要するに由那は、カラオケは歌って騒ぐところという決めつけをせず、「防音設備がしっかりしているから、腰を据えておしゃべりするのに最適」と考えることができているのだ。性格のせいもあるだろうが、子供の頃から頑固なところがあった雄也は、もっと頭が硬かったような気がする。

「いらっしゃいませ。会員カードはお持ちですか？」

「か、かいいん？　えっと……」

ただ、どれだけ考えがしっかりしていようと、由那はやはり小学生。少々複雑なカラオケボックスの利用方法には慣れていないようで、水族館でチケットを買ったときのように自分で率先して受付には行ったものの、受付の女性がしてきた問いかけに、挙動不審になっておろおろするばかりだ。

なので、ここは結局、見かねた雄也が助け船を出し、会員登録や利用時間や利用人数、そのほかサービスの指定をすることとなった。

「むぅ……ここもわたしが注文したりしたかったのに」

こういうところを気にして意地を張りたがるあたりは、やはり年相応だ。

なんとなくほっこりした気分になりながら、指定された部屋に向かってまずひと息。

ワンドリンク制のカラオケボックスだったので、部屋に向かう際にドリンクサーバーでもらってきた飲み物をそれぞれに口につけた。

「あぁ……なんか生き返るわ……」

「あはは。わたしも喉、カラカラになっちゃってた」

ちなみに雄也はウーロン茶、由那はコーラである。ほかにもいろいろ飲み物はあるのに、由那のチョイスは、なんとなく意外なもののように雄也には思えた。

「というか、由那ちゃん、コーラ飲めるんだ」

「よく飲むよ。大好き」

「へぇ……」

本当にちょっとしたことだが、これも新しい発見だ。よくよく考えれば、雄也は由那の食べ物の好みもあまり知らない。

「……もしかして、お兄さん、炭酸ダメなの？」

「じつは。ゲップしたときに鼻の奥がツーンってするのが苦手でさ。子供のときからそれで飲んでこなかったから、今でもビールとかダメなんだよね」

「そうなんだ。あはは、かわいい」

しかしどうにも、本当に可愛い女の子から「かわいい」と言われるのはなんとも面《おも》映《は》ゆいものがある。変に顔がにやけてしまいそうなのが恥ずかしくて、雄也はむっつり顔でウーロン茶を飲みほした。

ひと口の小さい由那も、少し遅れてコーラのほとんどを飲みきっていた。やはりそうとう喉が渇いていたのだろう。

しかし炭酸を一気飲みして平気でいられるはずもない。由那は可愛らしく「けぷっ」と小さくとゲップをして……恥ずかしかったのか、頬を赤らめてちょっと黙りこんだ。

本当にいちいち、そんな一挙一動が由那は可愛い。

かなり急な申し出から始まったデートだったが、それでもやってよかったと、雄也は心底思えた。

けれど……どうやら由那は、雄也がそんな優しい気持ちに浸りつづけることを、これ以上は許してはくれないようだった。

ドリンクを飲んで、ひと息ついて、そしてしばらくもじもじと恥ずかしそうに俯いたあと……由那はなにやら決心を固めたような表情で、いきなり立ちあがった。

「……由那ちゃん？　どうかした？」

「…………」

雄也の問いかけに、しかし彼女は応えることはない。

かわりになにを思ったのか、彼女は無言で雄也の隣に座り直し……そしていきなり、彼の首に抱きついてきた。

「お兄さん……」

突然の艶めかしい囁き声に耳元をくすぐられ、雄也は瞬間的に嫌な予感を覚えた。

「ん、んんっ!?」

はたして、その予感は現実のものとなった。

間髪をいれず、一瞬だけ柔らかい感触が、雄也の唇に触れてきたのだ。

由那がなにをしてきたのか、さすがに雄也もとっさに理解することができる。

小学五年生の少女のキス。

失策だ、本当に。

これで二回目だというのに……雄也はまたしても無防備で由那の口づけを受け入れてしまった。

「お兄さん、好き、好き……」

しかも今度は一度の口づけでは気がすまないようで、由那は、ちゅ、ちゅとたてつづけに愛の言葉を囁きながら、キスを連発してくる。

そしてさらにあろうことか、由那はキスをしながら自らの服に手をかけ、胸元のリボンとボタンをはずし、肩ひもをずらして、胸元をはだけはじめたのである。

「ちょ、ちょっと待って、待って!」

さすがにそこまでされれば、雄也だって目が覚める。呆然としたまま由那の行為を受け入れてばかりではいられない。

どこか必死な形相で、さらに肌を密着させようとしてくる由那の肩をつかみ、雄也は彼女を、力ずくで引きはがした。

雄也を見る彼女の表情は、ひどく複雑だった。

せつないような、少し怒っているような、いろんな感情がない交ぜになった瞳で、雄也に訴えてきている。その潤んだ視線に射貫《いぬ》かれて怯んでしまいそうになる雄也だったが、ここはふんばりどころだ。負けてばかりはいられない。

「とりあえず……話そう、ちゃんと」

大きく深呼吸をしながら、雄也はワンピースの肩ひもと胸元を強引にもとに戻し、そして今までにない強い声でそう言った。

「……わかった」

由那は、なにか言いたげであったが、それでも雄也の語調で彼の本気を感じ取ってくれたらしい。それ以上は強く出ることはなく、おとなしく姿勢を正して雄也の対面に座ってくれた。

「…………」

どうしたものか。

前にメッセージで、由那にははっきりと「もうエッチはしたくない」と伝えてある。

その意図を由那がわかっていないはずはない。

なのにこんな強引な手を取ってきたということは……それだけ由那も、いろんな覚悟を決めてこの行為に及んだということだ。

「前も言ったけどさ……俺は、もう、由那ちゃんと……少なくてもしばらくは、エッチなことをしたくないんだ」

悩んで悩んで、結局雄也は、もう一度念を押すように言った。

「なんで？」

「こういうの、ホントはよくないことだから」

悲しそうなその問いかけに、雄也は強い口調で断言した。

「もともとは、由那ちゃんが痴漢をされて、イヤな気分になって……それをどうにかするために始めたことだろ？　でも最近は、そのラインをもう越えちゃってると思う。イヤな気持ちをなくすんじゃなくって、エッチなことをして、気持ちよくなりたいって気持ちのほうが強くなってるでしょ」

「それって悪いことなの？」

由那のその問いかけは、雄也の指摘を言い逃れようもなく肯定するものだった。

「わたし、お兄さんが好き。お兄さんが好きだから、好きな人とエッチなことしたいって思うの。それってダメなことなの？」

「ダメだよ」

「……それは、お兄さんが大人で、わたしが小学生だから？」

「そうだよ」

大きく深呼吸をする。

おそらくこれから言うことは、由那にとっては、ひどく酷だ。でも今、この局面で、腹を割ってすべてをさらけ出さなさいのは、たぶん誰にとってもよくないことだ。

だから雄也は腹に力をこめ、罪悪感に押しつぶされそうになりながらも口を開いた。

「……正直なところを言うとね。俺は、由那ちゃんとの関係を、ずっと続けるつもりはなかったよ」

「…………」

衝撃を受けるでもなく、由那は静かに雄也の話を聞いている。

駄々をこねるようなこともしない。まずは雄也の言わんとすることを、子供なりにでも理解しようと、耳を傾けてくれているのだ。

そう。この子はそういうことができるいい子なのだ。

優秀で、凄くいい子なのだ。

そしてだからこそ、雄也は、これ以上、由那を汚すべきではない。

「俺はね……由那ちゃんが思ってるほど、いいヤツでもなんでもないよ」

「そんなこと……！」

とっさに否定してくる由那に待ったをかけて、雄也は言葉を続ける。

「ロリコンだし、だから由那ちゃんのことを気がつけばエッチな目で見てる。ホントにいい大人はね、どんな事情であれ、由那ちゃんにエッチなことしてほしいって言われても、ちゃんと断るよ。もっと由那ちゃんに寄り添って、どうしたらいいかをいっしょに考えるもんだよ。結局由那ちゃんのお願いに乗ったのは……俺のほうでも、そういうことをしたいっていう……悪くて、いやらしい欲求があったからだ」

そこまで一気に言いきって、ひとつ大きく深呼吸。

肺いっぱいにためこんだ空気が、ひどく苦く感じた。

「そういう男なんだよ、俺は。そんな男といっしょになることはない。由那ちゃんには、俺みたいなヤツじゃなく、もっと相応しい、素敵な人といっしょになってほしい」

「…………」

すべてを言いきって、雄也はようやく、肩の荷が下りたような気がした。

沈黙の中で、由那は、ひどく静かな顔をしていた。

少し俯いて黙考し、そしてゆっくり口を開く。

「じゃあ……もしかして、今週会ってくれなかったのも、いきなり連絡なくなったのも、わたしから離れるため？」

「……そうだね」

「そうすることで、わたしが、お兄さんのこと、嫌いになればいいとか、そういうことも思ってた？」

「……うん。じつはそう」

やはりこの子は本当に頭がいい。そこまで見すかされているとは思わなかった。

そう。いきなり由那になんの断りもなしに距離を取ったのには、確かに由那が言ったとおりの側面がある。

少しでも距離を取って、お互い頭を冷やしたほうがいいと思っていた。

そしてあわよくば、なんの相談もなくこうした勝手な行動を取ることで、由那の心が少なからず雄也から離れてくれればいいと思ったのだ。

結局今日、由那に強引に呼び出されて、彼女の願いに応えてデートにつきあってしまったことで、その目論見はもろくも崩れ去ってしまったけれど。

本当……つくづく自分は意志の弱い人間だと、雄也は思う。

(……いや、たぶん、それも言い訳だな)

自分自身の韜晦《とうかい》に気づいて、雄也は小さく首をふった。

雄也は、怖かったのだ。

これ以上、自分の心が由那のほうへと向いていくのが。

由那は、間違いなく可愛い。そして、いい子だ。

ふれあうたび、そして肌を重ねるたびに、自分の中で由那の存在が大きくなってしまう。このままずっと今の関係を続けていれば、すんでのところでふんばってきていた理性が絶対遠からず崩壊する。居ても立っても居られなくなって、由那を独占したくてたまらなくなる。

先日の行為の際、彼女の身体に射精して、さらに彼女にキスをされたとき、雄也はそう確信したのである。

現に、今日だってそうではないか。わずかな時間の水族館デートでも、つねに雄也の視線は由那に吸いよせられていた。彼女の仕草のひとつひとつに見とれて、ことあるごとに可愛い、可愛いと感動していた。

たんにデートしているだけでこれなのだ。もしこれ以上ふたりの距離が近づいて、一線を越えるようなことがあれば……おそらくその先には、どうにもならない残酷な結末が待っているに違いない。

「なんで、そんなこと、言うの……？」

ふたたびの沈黙のあと……由那が口にした言葉は、ひどく寂しげに震えていた。

俯いていた顔が上を向き、まっすぐとその視線が雄也を捉える。

雄也を射貫くその瞳は明らかに怒っていて、けれど同時に、とてもとても悲しそうに涙をためていた。

「わたし……わたしは、ずっとお兄さんといっしょにいたいと思ってる。だって、だって……わたしにとってお兄さんよりいい人なんて、いないもの」

「そんなこと……」

「そんなことあるもん!!」

それは、由那が雄也に叩きつけた、はじめての怒声だった。

黙りこむ雄也をまっすぐ見すえて、ついにこらえきれなくなった涙を瞳からぽろぽろとこぼしながら、由那は静かに言った。

「わたしね、知ってたよ。エッチなことをしてほしいってお願いが、どれだけ大人の人にとって無茶なことか。お兄さん、それはダメだよって最初に言ったけど……でも結局、すっごい悩んで、やってくれたよね？　わたしはね、それがうれしかったの。エッチなことをしてくれたことがじゃないの。わたしのことで、そんなに悩んでくれたのがうれしかったの！」

「……それは」

「お兄さんがしたことが間違っていたとか本当に関係ないの。お兄さんがロリコンとかも、どうでもいいの。お兄さんが、なにも知らないよその子のわたしのために、一生懸命悩んでくれたことが、うれしかったの！　そんな人、めったにいないもん！」

静かに始まった言葉の連なりは、いつの間にか感情がそのまま乗った大きな激情の奔流になっていた。

「それにっ、お兄さんが自分のエッチな気持ちを優先してるなんて嘘だ！　最後までしてほしいって言ったとき、してくれなかったもん！　やっちゃいけないことだって、止めたもん！　わたし、それもうれしかったんだよ!?　だってそれ、お兄さんがわたしの言いなりで適当にやってないってことだもん！　ダメなことはダメって、ちゃんとストップかけてくれてるってことだもん!!　自分のことダメだなんて言わないでよ！　お兄さん、すごくいい人だもん！　わたしにとって運命の人なんだもん!!」

「……由那ちゃん」

雄也は、ただただ、圧倒されていた。

ああ、この子は本当に、なんて健気な子なのだろうか。

今この場においても、由那は雄也の身勝手を責めてはいない。雄也が自分を卑下することに怒っている。

「だからわたし、お兄さん以外の人を探すなんてしたくない。今、お兄さんのことがいちばん好きなのに、そんなの無駄だもん。そんな時間があったら、お兄さんのことをもっと知ることに時間を使いたい。大人と子供がいっしょになるのが難しいなら、ちゃんと時間かけて、難しいことをなんとかしていかなきゃでしょ？　わたし、子供だから……たぶん、いろんなこと知らないと思う。だからこれから勉強するなら、どうやったらお兄さんといっしょになるかを知りたい。世界は厳しいからって諦めるなんてそんなひどいこと言わないでよ！　そんなときだけ汚い大人の理屈を使わないでよ！」

「…………」

「大人はいつもそう。きれいごとばかり言って、でも世間は厳しいだとかなんとか言って、最後は諦めろって言ってくる。パパもママもそうだ。なにかあればちゃんと言ってねって言うのに、わたしが困ったときはいつも会社で忙しいばっかり言うんだもん！　お兄さんみたいにいっしょに遊んでくれたこともないくせにっ！」

もう、たぶん、自分でなにを言っているのかわからなくなっているのだろう。くしゃくしゃに顔をゆがめて、どうにもならない気持ちを持てあまして、由那は泣きじゃくりながら雄也に抱きついてきた。

天を仰ぐしかない。

自分の胸の中でむせび泣く由那の体温を感じながら……雄也の口から、大きな、大きなため息が漏れた。

これはもう、完敗だ。

雄也が思った以上に、由那ははるかにひたむきで、一途《いちず》で、一生懸命だった。

もちろん子供として世間知らずなところはあるのだろう。でも彼女は、そんな自分の無知を自覚しつつ、ちゃんと未来を見すえている。

雄也とともに生きていく道が決して簡単ではないことをなんとなくわかりつつも、由那はそれでも、あくまで雄也との関係を前向きに考えている。

一方で雄也はどうだ。思えば逃げてばかりだったではないか。

そう、由那の言うとおりなのだ。

由那に対して自分ができる範囲を勝手に決めつけて、いざというとき彼女との関係をすぐに断ちきれるように予防線を張っていた。「それが社会のルールなのだ」と。そのくせ「彼女のためを思って」みたいに善人ぶって、結果として中途半端にしか手を差し伸べるようなことをしなかった。

「……ごめん。本当に……」

謝罪の言葉しか出てこない。

雄也の胸の中で、由那がふるふると首をふる気配がする。

「謝ってほしいんじゃないの……お兄さんは、謝るようなことしてないもん」

「そんなことない。やっぱり俺は……ダメな大人だ」

そこでそんな言葉を繰り返しても、また堂々めぐりになるだけだとわかりつつ、あえて雄也はそれを口にした。

なにか由那が言い返してくる前に、彼女を強く強く抱きしめる。

頼りない力で雄也を抱きしめ返すその小さな存在を確かに感じながら、雄也は改めて……自分の想いを紡ぐのだ。

「本音を言えば……俺だってそうだ。社会のしがらみとか、年齢の差だとか、そんな問題をさておけば……俺だって由那ちゃんのことが、可愛いよ。ずっとそばにいたいって思ってる」

なにげなく見せる由那の仕草ひとつひとつに、雄也はいつも心を奪われていた。毎朝電車の中でおしゃべりするときに見せてくれていた無邪気な笑顔。どこか寂しい気分になったときに、雄也に向けられる、すがるような視線。そして当然、彼女の肌に触れるときに見せる、年不相応に艶っぽい女の顔。なにもかもが、ただただ愛おしい。

由那は雄也が自分を助けてくれたとくり返すが、とんでもない。雄也だってずっとずっと由那に助けられていた。

彼女の見せる色とりどりの表情は、少なからず雄也の生活に彩りを与えてくれた。今でもはっきりと、あの最初の朝を思い出すことができる。

仕事に向かう電車のなか、いつも隣に座っていた小学生が、その日に限っては疲れているのか、うとうとと舟をこいでいた。

そのまま放っておいてもよかったのだが、今までしゃべったことはなくても、いつもよく見る女の子だ。放置して遅刻させてしまうのもやはり忍びないと、雄也はちょいちょいと腕をつついて「駅だよ」と声をかけることにしたのだ。

無事に起きてくれた由那が、電車からの去りぎわ、ちょっとばつが悪そうに、恥ずかしげに頭を下げてきたその可愛らしい姿を、雄也はこれからの一生、ずっと忘れることはないだろう。

なぜならあのとき、とっくに、雄也は彼女にひとめ惚れをしていたのだから。

「由那ちゃんはずっと先に進んでいてくれていたのに……俺は言い訳ばかりして、立ち止まってた。それはやっぱり、ごめん。そんなことじゃ、いけなかったんだ」

「……お兄さん」

「由那ちゃん」

胸に抱きついたままの由那を呼び求める。

涙をためた虚ろな瞳で自分を見つめてくる彼女の顔がもうたまらなくて、雄也はそっとその小さな唇に、自分の唇を添えた。

「ん……」

触れたのは本当に一瞬。気持ちを伝えるだけだから、それでいい。

なによりずっとふれあいつづけるのは……雄也としてもちょっと恥ずかしかった。

「……ぇ」

唇を離して、見つめ合う。

どうやら由那は、なにをされたかすぐには理解できなかったらしい。

きょとんと目を瞬かせ、ポカンと口を開けて呆けている。

「あ、え？　えっ？」

しかし呆然とした表情に、だんだん理解が広がっていく。そしてそれと同時に、彼女の顔が一気に真っ赤になった。

「え、今……え？　ちゅー、された？」

彼女が取り乱すのも、無理はない。

雄也のほうからこんなアプローチをするのは、はじめてだったのだ。彼女もまさかこのタイミングで雄也がそんなことをしてくるとは思わなかったのだろう。

けれど、今やらないでどうする。

今自分の気持ちに素直にならないで、どうするのだ。

「好きだよ、由那ちゃん」

下手な修飾などいらない。直球で、雄也は由那に想いを伝えた。

「……ん」

由那は、どうしていいかわからないようだった。

小さく頷くが、目立った反応はそれだけ。困ったようなむっつり顔は「わたしも好き」と応えているようにも「遅いよ」と怒っているようにも見える。

彼女をこんな気持ちにしたのは、ほかならぬ雄也だ。

もっと早く自分の気持ちに素直になっていれば、由那につらい思いをさせずにすんだだろう。

（……いや、無理かな）

そうも思う。こんな紆余曲折を経なければ、たぶん雄也は、由那とまともに向き合うこともできなかっただろう。

「由那ちゃん」

だから雄也は、追いつかなければいけない。

一途に突っ走って、雄也よりはるかに先へと行ってしまった由那に。

「エッチ……しようか。最後まで」

5

さすがにカラオケボックスでことに及ぶわけにはいかない。

なのでカラオケボックスで軽く食事だけをして、早々に店を辞し、雄也と由那は、雄也の家へと向かうことにした。

「……ホントにいいの？」

家へと向かう電車の中で、由那は何度もそう尋ねてきた。

今までどれだけ強くお願いしても雄也は拒否してきたのだ。そこからのいきなりの手のひら返しだから、彼女がとまどうのも無理はない。

「いいの。今したいんだ」

だから雄也は、しっかりした言葉で頷くのだ。

今しなければ意味がないのだ。ずっと目を背けてきたことのお詫びとして。

なにより、これからちゃんと由那のことを見ていくという、意思表示として。

「……そっか」

いい加減何度も同じやりとりをして、雄也の表情からなにか感じるものがあったのだろう。最寄り駅に着く頃には、もう由那はなにも言わなかった。

やがて駅へと着いて、急ぎ足で雄也の家に着いて……そこがもう、ふたりの我慢の限界だった。

「由那ちゃん……」

「……あっ」

小さな声をあげる由那に構わず、彼女を抱きかかえて寝室に直行。

そのまま雄也はその小さな身体をベッドの上に横たえて、そして間髪をいれずに由那の上からのしかかった。

今までとはうって変わった強引な行動に、しかし由那は怯む様子もない。

むしろそれを望んでいたとばかりに、潤んだ熱い瞳で雄也を見あげるのみである。

「もう一回、キスしよう」

「ん……」

だからその誘いの言葉にも、こんなにも彼女は従順だ。

「ん……ふ、ぁんん……」

はじめての合意のうえでのキスは、とてもとても心地いいものだった。

温かい唇、少し濡れた感触。ふれあった粘膜の隙間から漏れる、少しせつなそうな声。鼻から抜ける甘い吐息もくすぐったい。

だから、もっといいことをしたくなるのも、当然のことだった。

「……由那ちゃん、ちょっと、舌出してくれる？」

「う？　こ、こう？」

さすがに意図が読めなかったらしい。それでも由那はとまどいつつも、べー、と舌を出してくれた。

医者に診断されるような感じで舌を見せてきたので、少々やりづらいところはあるが……まあこの際これでいいだろう。

由那は特になにも言わなかったが、そのかわり「これ、エッチなことに関係ある？」みたいな顔をしているのが、なんだかちょっと面白い。

おぼこい由那に愛おしさを感じながら、雄也は突き出された彼女の小さな舌先に、自分の舌をふれあわせた。

「ん、んんっ!?」

突然の感触に、由那はびくんと大きく身体を跳ねさせる。

けれど雄也は彼女が逃げるのを許さず、彼女が理解するのを待たずに、舌をふれあわせたまま、ふたたび唇を重ねた。そのまま由那が唇を閉じることをゆるさず、舌を彼女の口内に、興奮で熱くなった口の中を舐めまわす。

「んっ、んんーっ!?」

間近なので直接は見えないが、目を白黒させているのがはっきりわかる。

いちいちそんな反応が面白い。楽しくて仕方がない。

だからもっと由那を楽しみたくて、雄也はさらに唇を擦り合わせ、舌と舌を絡み合わせ、ねちっこく唾液を流しこんだ。

「ん、う、んん、う、うっ、んんん……っ」

口内の粘膜はどこも敏感な性感帯だ。舌先でくすぐればくすぐるほどに、由那の身体はふるふると震え、むずがるような小さな声をときおり漏らしつづけていた。

けれど、そんな挙動不審な反応も、しばらくしたらおとなしくなっていく。はじめてのディープキスにもだんだん順応してきたようで、次第に由那は、心地よさそうな声を漏らしはじめた。

「ん、ちゅ、ちゅ、んんん、ふぁ……あぁ……」

そこから由那が積極的になってくれるのには、たいした時間はかからなかった。雄也の舌の動きに合わせ、彼女のほうも舌をたどたどしく動かしてくれる。もちろん、動きそのものはまったくたいしたことない。控えめで、探りさぐりといった様子の拙い舌遣いだが……この際、テクニックなどというものはどうでもいいのだ。

小学五年生が、ディープキスをしている。

小学五年生が、ディープキスをして、舌を絡ませてくれる。

その事実に勝るエロさなど、この世に存在するはずがないのである。

甘い吐息や衣擦《きぬず》れに混じって耳をくすぐってくる、ちゅく、ちゅ、ちゅと密やかな水音を充分に堪能し、何度となく由那に自分の唾液を飲ませたあと……ようやく雄也は、由那から唇を離した。

「ん、はぁ……はぁ……あう……」

とろんと放心状態になったその顔は、まるで激しい行為を終えたあとのようにドロドロになっていた。

瞳は虚ろに潤み、口元は放心状態になって小さく開けられ、少し涎が垂れている。紅潮した顔全体がうっすら汗ばみ、ほつれた髪がふたすじ、みすじ、頬にかかっていた。

「な……なに、これぇ……？」

「大人がする、エッチなキスだよ」

「ふぇ……こ、これも、ちゅーなの……？」

「そう。びっくりした」

「びっくりっていうか……気持ちよかった」

（ああ……もう。ホントにヤバい……）

恥ずかしげに、しかしはっきりと自分の快楽を肯定するその言葉に、ますます雄也の興奮がかきたてられていく。

だからもう、キスだけでは物足りない。もっともっと、由那と深く繋がりたい。

「……服、脱ごうか」

脱衣の時間も、ふたりはキスを絶やさなかった。

ついばむように唇をふれあわせながら、リボンやボタンをはずし、ワンピースを脱がしていく。たまに唇同士が離れることがあっても、すぐにキスを再開しながら、ショーツや靴下も、ゆっくり下半身からはぎ取り、足から引き抜いていく。

そうしてやがて……ふたりはとうとう、全裸になった。

「……あ、ねえ、あのね、わたし、ひとつお願いがあるの」

ようやく唇を離して、呆けた顔で互いを見つめ合いながら……ふと、由那はなにかを思い出したらしい。よほど彼女にとって素敵な思いつきなのか、きゅっと裸体のまま雄也に抱きついて、妙にキラキラと輝かせた瞳で雄也を見あげてきた。

「これから、お兄さんのこと……雄也くんって、呼んでいい？」

今さらながらに気がついた。

そういえばそうだ。どれだけ自分からなにかアプローチをかけるようなことがあっても、由那はずっと雄也のことを「お兄さん」と呼びつづけていた。

あるいは由那のほうでも、どこかしらで雄也との距離感の齟齬《そご》を感じていたのかもしれない。おそらくそれがわかっていたから、彼女は雄也の許しがあるまでは、名前で呼ばずに、そのままにしていたのだ。

「いいよ、もちろん」

もちろん、即答である。

一日前の雄也ならば、その申し出はとうてい受け入れられるものではなかっただろうけれど、今は違う。由那とともに前に進むことを、心に決めたばかりである。

断る理由など、どこにもあるはずがない。

「えへ。えへへへ。えへへへへ。雄也くん。雄也くんっ。雄也くんっ。雄也くんっ」

本当にうれしそうに、ぎゅーっと雄也に抱きつきながら、名前を呼びつづける由那。あるいはよほど我慢していたのだろうか。これまでの鬱憤を晴らすかのようなその甘えん坊っぷりに、雄也もちょっと驚いてしまう。

「あ、じゃあね、じゃあね、もういっこ、お願いしていい?」

そう言って、さらになにかを思い出した様子で由那がしてきた提案には、雄也としても驚くほかない。

「あのね、おち×ちん、舐めたい」

「……いや。へ?　え?　な、なんで?」

そのお願いは、唐突にすぎるのではないか。

これからはじめてのセックスをするような段階なのに、そこでいきなりフェラチオしたいだなんて……さすがにいろいろと順序をすっ飛ばしているような気がする。

「だって、前、雄也くんもわたしのおまた、舐めてくれたでしょ？　あれ、すっごい恥ずかしいけど、めちゃくちゃ気持ちよかったから」

まったく曇りのないまっすぐな視線でそんなことを言ってくる。

「……由那ちゃん、ちなみにフェラチオって、知ってる？」

「ふぇらちお……あ、そういえば、前に雄也くん、そんな名前言ってたっけ」

試しに聞いてみると、きょとんとした顔で首をかしげられた。

（ああ……なんか、これは……なるほど……）

その反応に、なんで由那がそういう申し出をしてきたか、なんとなく察しがついた。

由那はフェラチオが一般的には、普通にセックスをするよりわりとハードルが高めな行為であるということを、わかっていないのだ。

彼女は本当に単純に、前回雄也がクンニをしたのをしっかり覚えていたのだ。

そしてその記憶をもとに「逆に女が男にそういうことをしても気持ちいいに違いない、だったら雄也にお返しをしたい」という、そんな子供じみた気持ちでこの発想に至ったらしい。

（いや……でも、どうする？）

小学五年生に、そんなことをさせていいものか。

一瞬、そんな倫理観が顔を出したが……思い直すことにした。

倫理をふりかざしたところで、今さらだ。

今はそんなこと考えるべきではない。

今は、自分の気持ちと欲望に互いに素直になる時間だ。

「じゃ……えっと、お願いしようかな」

「えへへ。やった。あ、でもよくわかんないから、どうしたらいいか教えてね」

陽気に微笑む由那に苦笑しつつ、雄也はベッドのはしに腰かけ、由那にはその前に跪《ひざまず》いてもらった。

もうその体勢になっただけで、背徳感がすさまじい。キスをして脱いだだけだというのに、今や雄也の股間のものは、最大級の大きさまでふくれあがっていた。

「……わ。おっき……」

今まで経験のない近さで勃起を目の当たりにして、由那も驚きの声をあげている。

大きいと言われればやはり悪い気はしないものだ。どんどん雄也の中で、いけない欲望が首をもたげてくる。

「ええと……そうだな。まず前提として、歯は絶対に立てないようにすること。いろいろとやりかたはあって、咥《くわ》えて口の中で吸ったり舐めたりするようなのもあるけど……まずはそうだな。普通に舐めてみようか」

「アイス、舐めるみたいに？」

「そうだね。ちょうどそんな感じで」

いろいろと理解が早くて助かる。

由那は素直に「じゃ、やってみるね」とひとこと断って、そして唇を雄也の勃起に添えてきた。

「……ん、ちゅっ」

不意打ちだった。挨拶と言わんばかりの軽いキスが亀頭にされたのである。

あやうく、射精しそうになった。

限界まで勃起した男性器でも、とくに亀頭は敏感な場所だ。そこにいきなり情熱的な気持ちのこもったキスなんてされたら、それだけで暴発しかねない。

その雄也の表情の変化を、どうやら由那は見逃してはくれなかったらしい。

「……えへ」

気をよくした彼女は、さらに雄也の勃起に、くまなくキスの雨をを降らしはじめた。

亀頭の先っぽ。亀頭の傘のふちあたり。竿の裏スジの部分。肉棒の根元あたり。果ては睾丸に至るまで。

「……う」

ただキスをされるだけというもどかしさもさることながら、キスをするたびに、由那がじーっと雄也の反応を観察してくるのが、なんとも恥ずかしくてたまらない。

探られているのだ。要するに。

あちこちにキスをして、そのたびにじっと雄也を観察して……そうして、どこへの刺激がいちばん雄也を気持ちよくできるかを、見すかそうとしているのだ。

「……ん。雄也くん、やっぱりここがいちばんいいみたいだね」

そうして由那が探りあてた雄也のいちばんの性感帯は、やはり亀頭部分だった。

さんざんキスをされたりした結果、先ほどより雄也の勃起はひどい姿になっていた。

竿の部分は醜く血管が浮きあがり、ひく、ひくと激しく脈動をくり返している。

そればかりか、赤黒く張りつめたその頂点部の鈴口がものほしそうにパクついて、そのたびに透明な先走り汁を滲ませていた。

もちろんそんな変化に、由那が気づかないはずがない。

「これ、なあに?」

由那は物珍しそうにその先走り汁に人さし指で触れ、指先で弄びはじめた。

「あー、えっと、それは、先走り汁って言って……女の子の愛液みたいなもので」

「え、そうなんだ」

ちょっと驚いたような表情をして……そしてしかし、なにを得心したのか、由那は次の瞬間には「えへへへへ」とうれしそうに破顔した。

「じゃあじゃあ、雄也くん、気持ちよかったんだ」

「そりゃ……そうだよ。由那ちゃんにこんなことされたら、興奮するし、気持ちいいに決まってる」

「えへへ。じゃ、もっとしてあげるっ」

そこからはもう、由那のやりたい放題だった。

「ん、ちゅ、ちゅ、ちゅる、んっ」

先走りにまみれた亀頭に嫌な顔をせず舌を這わせ、れろれろと舐めまわしてくる。かと思えば、ちゅ、ちゅと鈴口を狙いすましたかのようにキスをし、吸いついて、先走りをすすりあげてきたりもする。

「く、うぁ……ちょ、由那ちゃん、それ、まずくない？」

「ん、わかんないけど……大人っぽくてエッチな味」

亀頭へのキスの合間に、はにかみ顔で言うその顔がひどくいやらしい。

もうここまでくれば、雄也も、変に大人ぶっていることなどできるわけがない。もっと気持ちよくなりたい、もっと由那で興奮したいと、そんなはしたない感情が我慢できなくなっていく。

「由那ちゃん……そのまま、そこ舐めたままでいいから、おち×ちん握って、しごいたりとかできる？」

「えと……こう？」

お願いをすると、即座に由那はそれを実行に移してくれた。

その場所が男の急所だという認識はあるらしく、そのぶん握る力も、しごく動きもゆるやかなものだ。けれど、それで刺激としては充分。れろれろと先端を舐められ、口に含んで吸いつかれ、そのうえ小さな指先で撫でてあやされれば、射精衝動も我慢できなくなってしまう。

「ん、ん、ちゅ、ん、あぁ……雄也くん……気持ちよさそう」

「ああ……気持ちいいよ」

もう恥ずかしさなんてどこにもない。小学五年生に言いように気持ちよくされても、むしろそんな事実が誇らしくもある。

「えへ。雄也くん、雄也くんっ　ん、んっ　もっと、もっと、気持ちよくなって」

素直に快楽を受け入れる雄也のその様子が、さらに由那の官能を加速させていく。

吐息はどんどん熱っぽくなり、勃起を舐めながら口ずさむ甘い囁きも、どんどん淫らさを増していく。

「雄也くん、雄也くんっ、ん、ふあ、あ、あ、いっぱい、いっぱい、わたしのちゅーで気持ちよくなってね。んあっ、あっ、わたしの口で、いっぱい、射精してね」

熱に浮かされたような台詞をくり返す由那の動きは……しかし、だんだん妙なことになっていた。

しばらくの間は雄也の勃起竿に指先を添え、ゆるくしごく動きで甘い快楽を与えてくれていたというのに、その刺激がふいになくなったのだ。

「んぁ。あっ、あっ、あっ、あっ、んんんっ、雄也くんっ、雄也くんっ」

いつの間にか、由那の両手は、彼女自身の股間に移動していた。

雄也の視点からではあまり見えないが、その股ぐらのあたりからわずかに聞こえてくる、にちゅ、にちゅという粘っこい水音から、彼女がなにをしているかは明らかだった。

オナニーをしているのだ。

雄也にフェラをして、それに興奮をしてしまった結果……彼女は雄也を気持ちよくさせることすら忘れて、オナニーを始めてしまったのだ。

「……く、あっ」

無理だ。最高だ。

こんなにエッチな子がフェラをしてくれるなんて。こんな素敵な子が気持ちよくしてくれるなんて。こんな可愛い子がこんなに興奮してくれるなんて。

「由那ちゃん……っ」

せっぱ詰まった呼び声に、由那もなにか予感を覚えたらしい。

ここぞとばかりに雄也を責めたてようと、由那は、はむりと彼の先端を咥えた。

「う、くぁ……っ!?」

先端全体が、由那の温かさに包まれる。

しかもさらに由那は口の中で、舌を丹念に動かし、鈴口を舌先でくすぐってきたりして、快楽の重ねがけを加えてくる。

「出る、出る……っ」

びゅる、びゅるるっ。どく、どくっ。びゅるるっ。

我慢するような余裕もなく、雄也はあっけなく熱い樹液を迸《ほとばし》らせた。

「ん、う、んぁっ、あ……っ!?」

さすがに射精の勢いにびっくりしたのか、由那は雄也の欲望を、すべて口内で受け止めることはできなかったようだ。とっさに口を離してしまい……そして結果として、由那は雄也の射精を、もろに顔面からかぶることになってしまった。

「んん、はう……わ……いっぱいだぁ……」

どこかうれしそうに笑う由那だが、その顔は、ひどい有様になっていた。

量もさることながら、なにより粘度がすさまじい。ほぼほぼゼリー状の、いつも以上に色もにおいも濃い白濁が、由那のおでこや形のいい鼻すじ、ほっぺたまでをも汚してしまっている。

しかもさらにすさまじいことに……そうまでされているのに、由那は自分の両手を、自分の股間から離していなかった。

「はう。ん、う、んんっ、あう、は、あん……っ」

それどころか、股間から聞こえる水音は、さらに先ほどより大きくなっている。

（エロ……）

絶頂の余韻のなか、ぼんやりしながら目を向けて……そうして雄也は、由那がどういうことをしていたか、そこではじめて目の当たりにすることになった。

「きもちいい、ん、あ、あっ、きもち、いいっ。んぁ、あっ、あっ」

ぷっくりと大きくなったクリトリスを中心に、外陰部を両手で押さえ、こねるようにしてその場所を撫でまわしている。

動きそのものはむしろ緩慢で、そのかわりにときおり、ぐ、ぐと、まるでおしっこを我慢しているように両手で股間を押さえる動きをくり返している。どちらかというとそれは、摩擦よりもむしろ秘部に対する圧迫で快楽を得ているような様子であった。

そんな拙い動きであっても、由那の快感は本物だ。圧迫されてゆがんだ薄ピンク色の蜜穴はいやらしくひくつき、とめどなく粘度の高い透明な愛液がにじみ出て……そうして由那の指先はねっとりと濡れ、テカテカにきらめいていた。

こんなのを見せられたら、たまらない。

その艶姿を前に、雄也の股間は激しい射精を経た直後であるにもかかわらず、否応なく、まったく萎えることなくなく硬さと大きさを維持し、脈動を激しくしてしまう。

身体だけでなく心もそうだ。

絶頂を迎えてもまったく気分が落ち着くことなく、むしろ興奮はいやますばかり。

もう、たまらない。我慢できない。

「由那ちゃん、オナニーちょっとやめて、ベッドにあがってくれる？」

「ん、はう、う……おなにーってなあに？」

夢見心地で股ぐらをいじくりまわしながら、ぼんやりと尋ねてくる。

「今由那ちゃんがやってるみたいに、自分の手でお股をいじることだよ」

「そうなんだ……はじめてやったから、知らなかったぁ」

「………」

マジか、と思わず声が出そうになった。

いや、でも確かに、女性はオナニーをしないような人も多いと聞く。まして由那はまだ小学五年生だ。そういう経験がなくても、確かに不思議ではない。

しかし、今雄也に見せてくれたこれが、よもや由那にとって人生はじめてのオナニーとは思いもしなかった。

（……どうしよう）

自分でもよくわからない昂揚感《こうよう》に、うまく気持ちがまとまらない。

ファーストキスも、初絶頂も、そして初オナニーの現場まで、雄也は由那にもらってしまったのだ。

こんな贅沢《ぜいたく》なことがあっていいのか。

自分なんかが、こんないい目をしていいのか。

そんなことすら思ってしまう。

しかも……そうだ。そればかりか今日は、由那の処女まで、雄也はもらえるのだ。

「由那ちゃん」

まだオナニーをしつづける由那を、そっと両わきを支えるかたちで抱きあげる。そしてぼんやりと虚ろな目で見つめてくる由那にキスをしながら、雄也は彼女をベッドの上に運び、ふたたびその小さな身体をシーツの上に横たえた。

「ん、ふ。はむ、んん、ちゅっ」

気持ちが溢《あふ》れて、キスをさらに交わす。特にそんなつもりもなく、ただ思いのままに始めたキスだが、自然と舌と舌を絡み合わせる、熱いディープキスになっていた。

互いに味蕾を擦り合わせ、舌の表面のザラつき具合や、粘膜の滑らかさを存分に味わいながら、唾液を交換し、唾液を飲みほし合い、呼吸と体温がない交ぜになった互いの体液を、互いの腹に収めていく。

「ん、ふ、ん、あう、んんっ、ん、は、ぁっ、あ……っ」

やがて口同士の戯れ合いだけでなく、ふたたび由那の下半身あたりから、ねちっこく甘い水音が聞こえはじめた。

仰むけになった由那に体重をかけないようにと少し身体を浮かせていたのだが、これ幸いと由那はその間に腕を潜りこませ、また股間をいじりはじめたのである。

はじめてだというのに、ここまで貪欲にオナニーに耽るなんて……どこまでこの子はエッチの才能があるのだろう。

「ん……由那ちゃん、またオナニーしてる」

「だ、だってぇ……ん、あう、きもちよくて、あ、きもち、いいからぁっ」

口を離して意地悪を言っても、由那は恥ずかしがりつつもその手を止めない。

「雄也くんのせい、だもんっ。雄也くんが、わたしのこと、こんなエッチに、したんだもんっ」

甘えた声でそう言われて、確かにそれもそうなのだと雄也は思う。

由那にエッチの才能があったのも間違いないだろうが、彼女の身体に快感がどういうものかを教えこませ、どうすればその快感を引き出せるかを刻みつけたのは、間違いなく雄也との経験があってこそだ。

これはもう、責任を取らないといけない。

小学五年生にして、すでに彼女の身体は、雄也の色に染まっているのだから。

「……由那ちゃん」

気持ちが溢れた。

自分の股間をいじりつづけている由那の腕を優しくつかみ、そっと左右に退けさせる。

続いて雄也は由那の両太股をつかんで、大きく股を開かせて……そして自分の腰を、彼女の股の間に押しつけた。

大きく開脚したことでほんのわずかに花開いた由那の蜜スジに、雄也の怒張がそっと触れる。

「……ぁ、あつい……」

うっとり呟く由那のその反応にこのうえない満足感を覚えつつ、雄也は自分の怒張をつかみ、腰の位置を調整して、鈴口と彼女の膣口をふれあわせた。

オナニーで充分にふやけて、大量の愛液でぬかるんだその場所は、ひどく熱く、そして貪欲だった。

ふれあわせただけで、ほかになんの動きもしていないのに、ちゅ、ちゅと膣口がひくついて、まるで情熱的なキスをするように雄也の先端をついばんでくる。

「……ぁ」

由那のほうも、快楽で思考がぼんやりふわふわになった中でも、とうとうその瞬間が来たのだとわかったらしい。

期待と不安の色が滲んだ潤んだ瞳が、自らの股間に釘づけになっていた。

「痛いかもしれないから、ちょっと我慢してね」

「ん……がんばる」

「一気に行ったほうが痛くないらしいから……びっくりしないようにね」

「え、ゆ、ゆっくりじゃないほうがいいんだ」

意外そうに由那が呟く。

雄也もネットで見た情報なので、それが本当なのかは正直なところ自信がない。

女性の経験談として見た中で得た情報だが、そもそもそれが本当の経験談なのかは調べようがないし、なによりもし本当であったとしても、そこらはおそらく個人差があるところのはずだ。由那に完璧に当てはまるとも限らない。

無策でやるよりいくらかマシ、程度のことでしかないが……それでも、ただでさえ小さい身体に無理をさせることになるのだ。できることは些細なことでもやっておきたいというのが、雄也の正直なところだった。

「いくよ」

「あ、えと……雄也くん、手、握りたい」

「もちろん」

それでいくらかでも安心を得たいということなのだろう。

左手を差し出すと、由那はそれを、両手で抱きしめるようにして強く握りしめた。

雄也も由那を安心させるように、優しくもう片方の手で彼女の頭を撫でてやる。

「……すぅ、はぁ……」

できるだけ力まないようにしてくれているのだろう、雄也の手のひらを握りしめた両手を胸に、由那はゆっくり、大きく深呼吸をくり返す。

「……ん」

目が合う。

小さく頷き合う。

そうして、いよいよ、すべての準備が整った。

あとは……だから、やるだけだ。

「……んっ」

小さく、かけ声一発。

雄也は手のひらに由那の体温を感じながら、一気に腰を、前に突き出した。

「う、んん……っ！」

思いのほか抵抗はなく、雄也の大人サイズは、由那のミニマムサイズにすんなり呑みこまれていった。

けれどそれは、由那がちゃんと力を抜いてくれていたおかげらしい。破瓜《はか》の痛みにそんな余裕もなくなったのか、雄也のものが膣奥まで届いたとたんに、由那の蜜洞はその真価を発揮しはじめた。

「く、あ……っ!?」

ぎゅうと握りしめるような強い締めつけに、雄也は思わずのけぞってしまう。

けれど今は、その締めつけに喘いでいる場合ではない。

本来無理な年齢で男性を受け入れた由那のほうが、よほどつらいはずなのだから。

「ゆ、由那ちゃん、大丈夫？」

「うっ、う……だ、だいじょうぶ……」

思ったよりもはっきりとした返事だった。

しばらく少しつらそうに顔をしかめていたが、しかしそれもすぐにゆるむ。弱々しくあるし、多少強がりもあるのだろうが、それでもはっきりと笑みを浮かべてくれた。

「なんか……おもったより、痛くないかも……」

「そ、そう……？」

「ん……どっちかっていうと、いきなり、お腹の奥がずんってされて……それでちょっとびっくりしちゃった」

てへへ、とどこか照れくさそうに笑いながら言うが、その言葉に嘘はあるまい。この場で苦しまぎれの嘘を言ったら、雄也が嫌がるのは由那だってわかっているはずだ。

雄也の勃起を抱きしめてくる由那の膣肉はただひたすらにきつさを増すばかりだけれど……それでも雄也は、由那のことを信じるしかない。

「動く、よ？」

「うん……雄也くんに、気持ちよくなってほしい」

健気なその言葉に胸を打たれながら、雄也はいよいよ、腰を動かしはじめた。

「ん、ふ、ぁ……あ……っ」

いくら痛みはあまりないといっても、破瓜をした直後であることには変わらない。裂けた傷口を刺激しないように、雄也は努めてゆっくりと、慎重に腰を前後させる。

「ふ、う。ん、あう、ん、うっ……」

腰を引く動きの際、半分ほど抜かれた肉棒には、確かに由那の血が、愛液に混じって微量ながらもまとわりついている。血の量はたいして多いものではないが……それでもそれは、由那の身体の奥が、破瓜というかたちで裂傷を起こして傷ついている、なによりの証拠だ。

「由那ちゃん……好きだよ」

「ん……わたしも……好き。大好き……」

腰の動きをゆるやかにするだけではなく、できるだけ彼女を安心させようと、愛の言葉を囁き、由那の頭を撫で、身体を曲げて唇にキスをくり返す。

「ん、んっ、ちゅ、んん……雄也くん……雄也くんっ」

甘えた声で、由那も心安らかにキスに応じてくれた。

「あう、う、んっ、っは、あ、あっ、あう……」

唇をついばみながら……雄也は自らの腰の動きに集中していく。

動きを変えるたびに変化する由那の反応を確かめながら、由那にいちばん負担がかからず、いちばん彼女を気持ちよくさせる動きを探っていく。

「ん、う、あう、んんっ」

奥ゆきは本当になくて、最奥まで突っこんでも雄也の長さを収めきることはできず、竿の長さの残り二割三割は由那の中に入れていない。

明らかに無理のある体格差なのだ。

自分たちが本当はセックスをするべきではない関係だということを、まざまざと思い知らされる。

けれどそんな動きの中で、改めて感じる由那の処女膣は、極上のひとことだった。

実際、締めつけはかなりキツいが、それだけではない。

処女ならではの硬さもあるが、同時にざわめくようにひくついて雄也にまつわりついてくる膣ヒダには、甘やかな柔らかさが確かにある。

「……えへへ。えへへへぇ」

もはや、背徳感などまったく感じなかった。

きっと由那も同じなのだろう。キスの合間にこぼれる笑みがそれを証明している。

あるのは、ただただこのうえない充足感。

愛しい相手と繋がり、ひとつになれたという多幸感。

「すごい、すごい……これが、セックスなんだぁ……」

由那は、夢見るようにそんな言葉をこぼす。

雄也と繋がっているその感覚を噛みしめ、ただただ幸せそうに目を細めていた。

「どんな気分？」

「ん……なんか、むずかしい」

ゆるく腰を動かしながら雄也が尋ねるも、由那の返事は、今ひとつよくわからないものだった。

「難しい？」

「ドキドキするし、むずむずするし、なんか、いろんな感じがいっぱいあって……わかんない」

「そっか」

確かに由那にしてみれば、今まで感じたことのない感覚のオンパレードのはずだ。それをうまく言語化できないのも、当たり前なのかもしれない。

「……でも、なんか……すごいなって思う」

はにかみながらそう言って、由那は自分のお腹にそっと両手を乗せた。

その指先が触れるのは、おへそと股間のちょうど中心くらいの位置。

由那がゆっくりじっくりお腹をさすると、雄也の勃起も、膣の外側からなにかに圧迫されるようだ。

「男の人の……雄也くんのおち×ちんが、今、わたしのお腹の中に入ってるの、すっごいわかるの。それが、なんか、すっごいなって」

自分の膣に雄也のものが挿しこまれているというその事実を、外から感触で確かめるように、何度も腹部を撫でながら、由那は笑う。

「俺も、それはなんか……すごいわかるかも」

「そうなの？」

「由那ちゃんとこういうことするだなんて今まで想像したこともなかったから……なんだろう、今こうしてるのに信じられない気分って言うか。夢でも見てるみたいだ」

雄也は試しに由那の手に自分の手のひらも重ねて、その上からお腹を押してみた。そうするとやはりわずかだが、確かに外からの圧迫感が増したような感覚がある。

この白く滑らかな、細いお腹の中に、自分の欲望が収まっているのだ。

「ねえ、雄也くん、ほっぺ、つねってみる？」

「やだよ、痛いもの」

「あはは。ざんねーん」

いつの間にか、なんだか会話の内容がムードのないものになっているが……けれどそれがむしろ、いい結果に繋がったようだった。

「……ん、んっ」

ゆるい会話をして、いくらかでも気分がリラックスできたらしい。心なしか由那の膣の締めつけが、わずかながらもゆるやかになったような気がした。

もちろん、ガバガバになったとかそういう話ではない。

締めつけの強さはそのままに、ぐっと握りつぶすような、痛みをともなう感触はなくなって……そのかわりに愛液の分泌量は増え、膣ヒダの動きがはっきりと目立つようになってきたのだ。

そうしてそれを皮切りにして、由那の反応は劇的に変化しはじめた。

「あ、あっ、あっ……あ、あれ、あれぇっ……なんか、へん、へんかも……？」

由那の口から漏れる吐息が、だんだん甘さとせつなさを増してくる。

雄也が指で由那の秘部に触れたり、あるいは素股をしたときに、何度となく聞いた声だった。

そして声が蕩けるのに合わせて、だんだんと膣ヒダの蠢きが大胆になってくる。むしゃぶりつくような、甘く貪欲な動きになってくる。

どうやらいよいよ、明確に快感を覚えるようになってきてくれたらしい。

「気持ちいい？」

「た、たぶん……ん、はう、う……っ」

「ここしか、どう？」

腰を少し落とし、膀胱の裏あたりの、複雑な膣内の中で比較的つるりとしたあたりを、ぐっとカリ首と亀頭で圧迫してやる。

Gスポット。女の子の、特に弱い性感帯。

「あ、あっ、あ……っ。そこ、すご……っ」

いくら開発されてきたとはいえ、小学五年生の稚い身体でそこが感じるかは賭けだったが……どうやら思いの外、素直に由那は快感を感じてくれたらしかった。

由那の身体がびくんと大きく震え、のけぞり、ぎゅっと全身がいきむ。

同時に膣肉もきゅっと締まり、しかし今までにないほどの柔軟さでうねうね、ちゅうちゅうと雄也の勃起にしゃぶりついてきた。

これまででいちばん大きく、明らかな快感の反応だ。

白い肌がピンク色に染まり、きちんと愛撫を施していない桃色の乳首がツンととがって興奮を訴える。

「これ、すごい、雄也くん、きもちい、いい……っ。あん、んんっ、んんっ」

今度は雄也が聞くまでもなく、由那は自分から、自分の意志で快感を訴えてくる。

本当に、不思議な気分だった。

雄也の勃起は今、痛いほどに張りつめている。

普通だったらここまで興奮すれば、もうとにかく射精したくてたまらなくなっているはずだ。なのに今は、驚くほどそんな射精衝動が湧いてこない。

かわりに今雄也の胸を独占するのは、どこまでも深い慈《いつく》しみだった。

由那を愛でたくてたまらない。彼女を可愛がりたくてたまらない。彼女を気持ちよくさせてあげたくてどうしようもない。

今、雄也は、身も心も、由那のためのものになっていた。

ぐりぐりと優しく腰をグラインドしながら、由那の小さな身体を抱きしめる。

体重をかけた、押しつぶすような密着をして、由那の鼓動を激しく感じる。

「ん、ふぁ……っ。あん、んっ」

そして極めつけに聞こえてくるのが、由那の甘い声。

「由那ちゃん、どうすればいちばん気持ちいいか、言ってね？」

「う……雄也くんのスケベ、あ、そこ、そこ、きもちいいっ」

恥ずかしそうに、恨みがましそうに言って……けれど快感で頭がどうにかなっているのか、次の瞬間にはどこがうれしいのかを素直に、おそらく無意識に訴えてくれる。

由那の反応に小さく笑いながら、さらに雄也は慎重に腰を動かして、さらに由那の快感を掘り下げていく。

「ん、んっ、うっ、はう、あっ　あ、んぁっ」

まず目立って気持ちよさそうなのは、やはりGスポットあたり。

「ん、そこ、そこ……きもちいい……っ」

快感に耽溺《たんでき》する由那には悪いが、そこを集中的に責めるのはあとまわしだ。

別の場所を探りにいくと、すぐに雄也の意図に気づいたらしく、由那は不服そうに「やだぁ」と声をあげた。

「なんで、なんでそんなことするのぉ……？」

「いいから、いいから」

訴える由那の頭を撫でて宥めながら、さらに雄也は由那の中を探りつづける。

そう。わかりやすい性感帯ばかりを責めるのはもったいない。

もっと由那を奥深く知って、もっと彼女を気持ちよくするためには、インスタントな快感だけに食いついてはいけない。

「あう、あ、あ、んんっ、んっ」

ゆるゆると腰をまわし、膣のあちこちを圧迫し、摩擦を与え、由那の反応をじっくり観察する。ちょうど先ほど、彼女にフェラをされたときの意趣返しの格好だ。

「ん、あ……ぁ……っ。あっ、あっ、あっ、だめっ、だめっ、だめぇ……っ」

なにより意外だったのは、膣奥への刺激に対する反応だった。

ぐっと子宮口あたりを押しこんでやると、小さく、けれど今まででいちばん蕩けた、甘い声をあげてくれたのだ。

「ここ、いい？」

「わ、わかんないっ、き、きもちいっ、んあっ、あ、あっ、ダメ、ダメえ……っ」

せっぱ詰まった声で、けれどうっとりと目を潤ませて言う。

今までの反応の中でも、それがいちばん異質だった。

これまでは性感帯を刺激しても、きゅっと身体を息ませたり、背中をのけぞらせたり、身体のどこかしらに力が入るようなのがだいたいだった。

けれども、今回は違う。

雄也がそこを刺激したとたん、まるで骨抜きになったみたいに表情も身体を弛緩《しかん》させ、雄也の性運動のなすがままになって快楽にもんどり打っている。

（……マジか）

ポルチオ性感帯はふつう、ちゃんと経験を積んで刺激になれさせないとなかなか快感を得られないと聞いたことがある。

だというのに、今までまったく膣を開発したことのない処女で、彼女のポルチオは快感を得るようにできてしまっている。

本当に、どれだけエッチなのだろう、この子は。

「ん、んんっ、雄也くんはっ？　雄也くんは、きもちいいっ？」

「……ああ、もう、最高だよ」

実際、たいした性経験がなくてもわかるほど、由那のそこは複雑な名器だった。

膣口近くの場所は比較的薄肉な膣ヒダが密集しており、中あたりはつるりとしてあまり起伏がない。

一方で奥のあたりは肉厚でぽってりしたヒダが二重三重になっている。

それぞれの場所の違いは意識しないと気づかないほど小さなものだが……しかし勃起が限界まで敏感になった今となっては、それを無視するほうが難しい。

さわさわと根元あたりをくすぐる膣口あたりの薄い膣ヒダ。

ちゅうちゅうと密着して裏スジに吸いついてくる中ほどの肉壁。

柔らかな性運動の中でしっかりカリや傘に食いついて、柔らかく舐めあげてくる。

ほんのりとしか腰を動かさないでも、雄也を射精まで導くのに充分なくらいの刺激を与えてくれる。

もう、最高だ。

由那への慈しみと、射精欲求がどんどん腹の奥からせりあがってくる。

「由那ちゃん、かわいい」

「そ、そんなこと、いきなり……ん、あう、あ、あっ、あ……っ」

腰を押しつける。甘い声を囁きながら、ゆるめに子宮口を亀頭で押しあげ、ちいさくノックをするような動きで、雄也は由那を責めていく。

「あ、きもちいい、きもちいいっ、きもちいい、んぁっ、きもち、いい……っ」

由那の言葉が、どんどん単純になっていく。

目は虚ろになって、どんどんふやけて、わけがわからなくなっていく。

蜜穴の蠢きはどんどん情熱的になって、ゆるい性運動でも激しく雄也の欲望をしごきあげ、吸いつき、キスをして、射精衝動を刺激してくる。

「雄也くんっ、きもちいいの、好き、きもちいいの、好き、好き、好き……っ」

やがて由那は、「きもちいい」と「好き」しか言わなくなった。

それだけもう、彼女の意識も余裕がないのだろう。

そんな状態になっても、ただ雄也への愛を囁きつづける由那に……雄也は胸がいっぱいになった。

「俺もだ。由那ちゃん、好きだよ。ホントに気持ちいい、好き。好き。愛してる」

「うん、うん……っ」

うれし涙を流しながら、由那はしかし、急に顔をゆがめ、雄也に抱きついてきた。

「雄也くん、ホントにきもちいい？　わたしみたいな子供でも……雄也くんをきもちよくできてる？」

「気持ちいいよ、ホントに気持ちいい」

「ずっといっしょだから。ずっといっしょじゃないと、やだからね、雄也くんっ」

けれど雄也の言葉ではまだ足りないと言わんばかりに、由那はたたみかけてきた。

訴えながら、この段階で由那は、自らも腰を動かしてきた。

「もっとセックスも、うまくなるから。お兄さんのこと、もっと気持ちよくするから……っ。だから……わたしが大人になっても、ずっといっしょだからぁ……っ」

泣きながら、不器用に、ひたむきに、健気に、はじめてだというのに、快楽でドロドロになりながらも、由那は必死に雄也を気持ちよくしてくれようとしてくる。

（ああ……）

ようやく……本当に心がひとつになった気がした。

由那も結局、雄也と同じだったのだ。不安だったのだ。

年齢の差という障害が、ふたりをいつか、離ればなれにしてしまうかもしれないと。

けれど、今ふたりがしている行為が、すべての答えだ。

裸で抱き合って、気持ちいいところを重ね合って、身も世もないほど気持ちよくなって……そうして理性のすべてをかなぐり捨てた今、雄也と由那は、本当に対等に、互いへの愛を囁き合っている。

まだ彼女との関係は、世の中に胸を張って言える段階にはない。

けれどもそれも、月日が経てば、いつかはそうではなくなる。

彼女が中学生になり、高校生になり、やがて成人した暁には、自分たちは胸を張って恋人だと言うことができるようになるだろう。

自分たちはただ、出会うのがちょっと早かっただけだ。

だからそれまでは、こっそりと、しかし確実に、彼女との仲を深めていけばいい。

「当たり前だろ。由那ちゃん、ずっと、ずっと……愛してる……っ」

「うん……っ、ずっと、大好きっ」

だから、そんな気持ちの迸りが、最後の引き金となった。

高鳴る鼓動。熱くなる体温。漏れ出る体液はドロドロで、今やふたりは汗まみれだ。

けれどもそんな中で、場違いに静かで穏やかな気持ちで抱き合って……そうしてふたりは同時に、最後の瞬間を迎えたのだ。

「イク、イクっ、イッちゃう、あ、ああっ、イク、イクイク、イクぅ……っ」

「……ぅ、由那ちゃん……っ」

爆発した。炸裂《さくれつ》した。真っ白になった。

絶叫し、抱きしめ合い、大きな感覚に流されながらふたりは抱き合う。

どく、どく、どく、どくと、止めどなく、ひどく長く脈動が続き、由那の胎内で熱い欲望が注ぎこまれていく。

びく、びく、びく、びくと、止めどなく続く絶頂の痙攣を、全身のうねりを抱き合って相手に伝え合う。

「……あぁ……」

その感覚に、ふたりはただただ穏やかな吐息を吐きながら、酔った。

6

絶頂感がおさまっても、離ればなれになるのはなんだか嫌だった。

今はただ、多幸感と、心地よさの余韻と、そしてなにより互いの存在を近くに感じていたい。

だから雄也は挿入を解かず、そのまま仰むけになり、身体の上に由那を乗せる姿勢をとった。穏やかな呼吸のなか、ふたりはしばらく互いを抱きしめ合う。

「……えへへ」

ようやく意識もはっきりしてきた由那が、ふと雄也の顔をのぞきこんできた。

激しくベッドの上で乱れた結果、髪もぼさぼさになっているが、それでもはにかんで雄也を見る彼女の顔は、世界でいちばん可愛らしい。

「……セックスって……こんなすごいんだね」

「俺もこんな気持ちいいの、はじめてだ」

雄也にとっても、前の恋人と初体験をしたときより今回のほうがよほど鮮烈だった。今までしてきたことなど児戯に等しい、満たされた、優しいセックス。

「……えへ」

のんびりした時間のなか、ふたりは自然と見つめ合った。身じろぎひとつすることなく、互いのかすかな呼吸音だけが耳に届く。絶頂まぎわの火に炙《あぶ》られたような熱さも引いて、ほんのりとした少女の体温がじんわりと心地いい。

「今の雄也くん、世界一かっこよく見える」

「気のせいだろ」

と言いつつ雄也だってつい今しがた、まったく同じようなことを考えたばかりだ。

世界一可愛くて素敵な女の子といっしょになることができて、自分は世界一幸せ者だ。これ以上幸せになることなんてあるのかというくらいに。

「ね、雄也くん。わたし……まだエッチなことしたいかも」

けれど由那は、あっさりと、それ以上の幸せを与えてくれるのだ。

「……大丈夫？」

それでも雄也がそう尋ねたのは、由那が破瓜したばかりだからだ。

まさかこんな短時間で傷が治るわけでもなし、下手に行為を続けても彼女がつらくなるだけではないか。

「ん……痛くないし。ゆっくりなら、たぶん大丈夫。それに、やりたいことあるの」

そう言いながら……ふと由那は小さく笑った。

「雄也くん、やっぱり好き」

「なに、いきなり」

「おまたの中でおち×ちんおっきくしてるのに、わたしのこと心配してくれる」

指摘されて、なんだか恥ずかしくて、雄也は憮然としてしまった。

そうなのだ。大人ぶって由那のことを気遣っても、まだ挿入したままの状態なのである。由那のおねだりにたまらず勃起した事実を、隠し通せるわけもない。

「やりたいこととか言ってたけど、どうしたいの？」

こうなっては、もう変に意地を張っても仕方ない。

おねだりへの了承として雄也が尋ねると、由那は「えへへへー」と笑った。

「さっきは、雄也くんが動いてくれたでしょ？　だから今度は、わたしが動きたい」

言いながら、由那は密着を解く。挿入はそのままに身体を持ちあげ、彼女は雄也の腰に馬乗りとなる体勢を取った。

要するに騎乗位をしようということか。

「大丈夫？」と尋ねる雄也に由那はもう一度ゆるく笑って、そして彼女はゆったりと腰を動かしはじめた。

腰を上下するようなことはせず、円を描くようにグラインドする動きである。確かにこれなら、破瓜の疵痕の残る膣口を下手に触ることはあまりないだろう。

「ん、う、あ、あ……んは……ん、っ」

由那がこの動きを選んだのは、あるいは先ほどの行為があったからかもしれない。

要するに、こうやって子宮やGスポットを圧迫されるのが気持ちよかったのだ。痛みなどどうでもよくなるくらいに。

「ん、ん……やっぱり、きもちいい……」

愛液と精液で満たされた由那の膣は、由那の控えめな腰の動きでも、ぐちゃちぐちゃといやらしい音を奏でている。そのいやらしい音色に官能を刺激されたのか、早速由那は心地よさに喘ぎはじめた。

絶景だった。

雄也の腰の上にまたがって、ゆるく腰を前後に、あるいは円を描くように艶めかしく動かして、快楽に陶然となる小学生。

鎮まっていたふたりの身体の奥に、ふたたび火が灯る。少女の白い肌に熱がこもり、ゆるい動きでは少しも揺れることのない胸元に、ひとしずくの汗が伝う。

「雄也くん、きもち、いい？　きもちいい？」

「もう……最高」

「あは、そっか。そっかぁ」

おっとりとうれしそうに笑う一方、由那の膣は今まで以上に情熱的だった。

抽挿の動きなどまったくしていないのに、膣道全体がまるで肉のバキュームポンプのようになって、ちゅうちゅうと、勃起を吸いあげてくる。

まるでそれは、発情して精液をねだるみたいな反応だった。

「あん、ん、はう、いい、きもちいい、きもちいいよぉ……雄也くんのおち×ちん、おっきくなって、あ、びくびくしてるのわかって、んん、んぁ……あっ、あっ」

いや事実、それは、本当にそのとおりなのだろう。

エッチな気分になって、どうにかなりそうなくらいに発情して、由那の身体が、雄也の精液を、欲望の塊を求めているのだ。

（あぁ……そうか、由那ちゃん、そういうフェチだったんだ）

少女の急な発情具合に、ここにきてはじめて気がついた。

たぶん由那は、いわゆるご奉仕が……男を気持ちよくさせるのが大好きなのだ。雄也を気持ちよくさせることそのものに興奮を覚えて、自分自身も発情する性癖なのだ。

思えば先ほどフェラしてくれたときにも、興奮してオナニーまで始める始末だった。

本当に……どこまで、この子は最高の女の子なのだろう。

つまりそれは、相手の幸せをそのまま自分の幸せにできるということだ。

「ん、ふぁ、あ、あん、んっ、んん……っ」

腰を動かしてもらいながら、キスを交わす。

キスを交わすことでますます柔らかく情熱的になった膣肉の動きを全身全霊で感じながら……雄也は不思議な気分になった。

こんなに幸せなのに、一方でひどくせつなくもなったのだ。

「ん……なんか、変な感じ」

キスの合間、ふと由那が唇を離し、少し首をかしげてきた。

「すごく幸せなのに、わたし、わがままになってる。もっと雄也くんと、ぎゅってしたいって思っちゃう」

ああ、本当に幸せだ。だってその矛盾は、雄也も感じていたことだから。

これだけひとつになっても、これだけ気持ちよくなっても、圧倒的な充足感を覚えつつ、まだ足りないと思ってしまう。そんな二律背反が、雄也の胸に渦巻いている。

幸せでたまらない。由那とふれあえて、こんな幸せなことはない。

けれど、もっともっと由那の近くにいたい。もっと深く、由那とふれあいたい。

その想いが、渇望が、飢餓感が、由那に触れるたびに大きくなっていく。

「それでいいんだ……それこそが幸せってことなんだよ」

「そうなの……？」

「たぶん、だけどね」

おそらく、この矛盾がなくなる日は、ずっとないのだろう。

それでいいのだ。

だからこそ雄也は、もっと由那を愛そうと思える。

だからこそ由那は、雄也にもっと愛してもらおうと頑張れる。

そうしてふたりは、もっと高みを目指していける。

それこそが、ふたりが見つけた愛なのだ。

◉新人作品**大募集**◉

マドンナメイト編集部では、意欲あふれる新人作品を常時募集しております。採用された作品は、本人通知のうえ当文庫より出版されることになります。

【応募要項】未発表作品に限る。四〇〇字詰原稿用紙換算で三〇〇枚以上四〇〇枚以内。必ず梗概をお書き添えのうえ、名前・住所・電話番号を明記してお送り下さい。なお、採否にかかわらず原稿は返却いたしません。また、電話でのお問い合せはご遠慮下さい。

【送付先】〒一〇一‐八四〇五 東京都千代田区神田三崎町二‐一八‐一一 マドンナ社編集部 新人作品募集係

少女《しょうじょ》のめばえ 禁断《きんだん》の幼蕾《ようらい》

二〇二二年 一月 十日 初版発行

著者◉楠 織【くすのき・しき】

発行◉マドンナ社
発売◉二見書房
東京都千代田区神田三崎町二‐一八‐一一
電話 〇三‐三五一五‐二三一一（代表）
郵便振替 〇〇一七〇‐四‐二六三九

印刷◉株式会社堀内印刷所 製本◉株式会社村上製本所 落丁・乱丁本はお取替えいたします。定価は、カバーに表示してあります。

ISBN978-4-576-21202-9◉Printed in Japan◉©S.Kusunoki 2022

マドンナメイトが楽しめる！ マドンナ社 **電子出版**（インターネット）……https://madonna.futami.co.jp/

Madonna Mate

オトナの文庫マドンナメイト

電子書籍も配信中!!
詳しくはマドンナメイトＨＰ
http://madonna.futami.co.jp

ふたりの同級生と隣のお姉さんが奴隷になった冬休み
竹内けん／冬休みに独り留守番中に女子が遊びにきて…

美少女粘膜開発
高村マルス／男たちの視線を浴びるようになった少女は…

黒髪の媚少女
吉野純雄／生きがいのない男の隣に美少女が越してきて

少女中毒【父×娘】禁断の姦係
殿井穂太／思春期の娘の肉体には亡き妻と同じ痴女の血が

妻の娘　獣に堕ちた美少女
殿井穂太／男心を狂わせる清楚な美少女が娘になり…

美少女変態怪事件
柚木郁人／秘部の異変に苦悩と快楽を味わう少女に…

流転処女　時を超えた初体験
伊吹泰郎／新米教師の前に初恋相手が変わらぬ姿で現れ…

なまいきプリンセス　姪っ子とのトキメキ同居生活
綿引 海／姉夫婦が留守中、姪っ子を預かることに…

青い瞳の美少女　禁断の逆転服従人生
諸積直人／憧れの美少女と再会し滾る欲望を抑えられず

隣のおませな少女　ひと夏の冒険
諸積直人／再会した隣家の少女はおませになっていて…

おねだり居候日記　僕と義妹と美少女と
哀澤 渚／マンションに嫁の妹が居候することになり…

転生美少女　美術室の秘密
辻堂めぐる／教師の前に失った恋人を思わせる美少女が…

Madonna Mate